余胜海

著

中国科学技术出版社

·北　京·

万千风味
皆为人生

阅读是一件很美妙的事，在《寻味人间》中，读者可以跟随作者一起游世界、品美食、谈人生，既能享受美食，又能感受到文人雅致。本书作者余胜海是一个很懂生活的人，他既是知名作家，又是美食家，更难得的是他把自己的人生以文字描绘成了人人可读的散文随笔。

《寻味人间》是余胜海的第一部美食随笔，收录了他品尝过的近百种美食，其中既有珍馐美味，又有家常菜；既有饮品酱料，又有地方小吃，还介绍了这些佳肴的做法和吃法，行文自然随性、引人入胜，字里行间弥漫着浓郁的烟火气和中国味。

唯有爱与美食不可辜负。对于美食，我们都是热爱的，寻找美食更是每个人乐此不疲的事。对于美食，余胜海是挑剔而执着的，他每到一个地方，就会去五星级酒店和大街小巷搜寻当地的美食，他认为这样才不虚此行。

在生活中寻找美食，不仅要靠嘴巴品尝，而且要四处走访，挖掘特色。如今生活更加多彩，互联网非常发达，出现了很多速食、外卖，但是很多美食，只有亲自动手制作或了解烹饪过程，才能体会到它的妙处。

余胜海先生的文笔生动，文字读来轻松有趣。书中有一段文字给我留下了深刻印象："在苏州人的宴席上，松鼠桂鱼必是压轴菜。菜端上桌，鱼昂首翘尾，呈橘黄色，形如松鼠，浇上热腾腾的糖醋酱汁，它就会发出酷似松鼠的叫声，神形兼备，吃起来外脆里嫩、肉质细腻，酸甜可口。"一段话将松鼠桂鱼这道菜描写得活色生香，令人垂涎。

中国人爱吃会吃，吃的是文化，胃也是文化胃。为什么很多海外游子回国后先要找家餐馆吃顿家乡菜？在很大程度上，这是在解乡愁，美食会把人引领到故乡的方向。这也是纪录片《舌尖上的中国》风靡全球的原因。

在余胜海看来，一道美食若与历史名人相关，其背后就可能有一段令人难忘的故事，它也因此比一般菜肴更具吸引力，更易流传。如"东坡肉"为什么有名？不是因为它的做法奇特，而是因为这道看似普通的红烧肉是宋代文学家苏东坡流放黄州时，用百姓不会烹饪的猪肉做成的美味，这就使这道菜变得非比寻常，也就被人们深深地记住了。当你知道了"东坡肉"背后的故事再吃东坡肉就会觉得它不一般，其中蕴藏着深厚的文化。值得称道的是，作者把看似普通的美食文化挖掘出来，让美食有了高于生活的意义。

风味，或置身闹市，或身居陋巷，创造了美食的江湖。美食背后是世界百态和人间百味。每个爱吃的中国人都是饮食江湖中不可或缺的一员。品尝美食后，真正令我们留恋的不是具体的某道菜，而是那种难忘的、独特的做法和味道。我们倾己所能烹制的每道菜都饱含着对家人和生活的爱。

作者在书中分享了自己儿时吃过的美食。他在《柴火饭和锅巴粥》中写道："在农村，锅巴粥是普通且不起眼的食物，但它却是人间最淳朴的美食，简单又不失滋味。早起上学前，喝一碗母亲煮得热乎乎的锅巴粥，全身暖暖的。有父母在的地方，即使条件不好也充满了温暖！"在他看来，"真正能治愈人的美食不是什么山珍海味，而是那些可以勾起人们美好回忆的食物"。这些儿时的美食记忆记述得真实感人，读起来别有一番滋味在心头，不禁引起情感共鸣。

余胜海先生不愧是一位"知食"分子，他会烹饪、懂吃又懂生活。在他看来，懂美食的人就是懂生活的人，能花心思为家人或朋友做上一桌色、香、味、意、形俱佳的菜是很幸福的事，煎、炸、炖、煮、炒……都是表达爱意的方式。

读他的文章让人有一种感觉，他对美食的描述十分简单，没有太多美妙的形容词和浮夸的赞美，更没有那种吃遍天下的优越感，他只是用通俗的语言进行平实亲切地讲述，把自己对美食的观察、体验、感受写下来，闲适自然，真实感人，颇有汪曾祺先生的文风。

都说文如其人，读《寻味人间》，大家就能了解作者是个怎样的人。如同一碗"甜到轻奢，香至简约"的椰子鸡汤，美食和人生很像，都是先加上再放下，最后一碗清汤，大道至简。

《寻味人间》融美食、美学、美文、美图于一体，读者在享受近百种美食的同时，还能学到很多美食知识，了解美食的奥秘和其背后鲜为人知的故事，读起来轻松惬意，掩卷之际，齿颊留香，回味悠长。说实话，本书最好吃饱后再看，否则看着这么多令人垂涎的食物无法当即享用，实在是一种煎熬。

刘仲华

中国工程院院士、湖南农业大学学术委员会主任

做个懂生活的
高级吃货

近 10 年来，我带着一颗探索和挖掘美食的心走访了全国 200 多座城市，每到一处，除了欣赏美景，必不可少的一项活动就是品尝当地美食，因为我觉得只有这样才不虚此行。

中国是一个美食大国，菜式之多、味型之广、做法之精、色香味之佳在全球是首屈一指的。食物的丰富多样推动着饮食文化的发展，全国各地形成了不同的菜系，人们通过炒、烩、炸、烤、蒸、炖、烧、焖、煨等烹饪方法调制了各具特色的美味佳肴。

中国有很多流传了成百上千年的传统名菜，一道菜得以传世，不只因为它好吃，还因为其具有丰富的文化内涵，承载了不同的气候环境、历史文化和地域风情。只有我们了解了美食背后的故事及文化，才能够知其味知其所以味，真正成为一个有涵养的"吃货"。

古人言"治大国如烹小鲜"。烹制一道美味佳肴确实需要几分治国般的精细，这样才不会辜负千百年来无数烹饪大师所推崇的饮食造化之妙趣。此外，"小鲜"背后蕴藏的人文情怀彰显了人生的大智慧，需要我们穷尽一生去品味。

每当品尝到美食，我就觉得美食与人之间仿佛建立了一种隐秘的联系，身心高度契合。所以说，吃在嘴里，美在心里；品一美食，如遇一知己！

吃美食能给人带来幸福感，这样的幸福感不只源于食物本身，和谁吃、在哪儿吃、如何吃同样是美食体验的幸福之源。吃饭是一种幸福，品味是一种情趣，感受食物中的酸甜苦辣是一种哲学。

我观察到，现实生活中"爱吃"的人很多，但"懂吃"的人很少。一个爱吃的人，懂得如何取悦自己，擅用食物润色生活，能从山珍海味中吃出恬淡，从简朴菜肴中吃出喜悦；"懂吃"包含三层意思：一是知道好味道出自哪里，这需要天分。二是知道它为什么好吃，这需要知识。三是知道怎样才能吃出意义，这需要修养。

我认为，爱吃就是热爱生活，懂吃就是会生活，自己做着吃就是享受生活。我写本书的目的就是希望大家成为一个会吃、会做、会品鉴、懂生活的高级吃货！

我从小肠胃不好，不能吃过于油腻的食物，再好的美食也只能品尝少许。在宴席上，别人都在尽情享受美味，而我却在观察欣赏一道道菜肴，从不同角度端详，聆听厨师和朋友讲解每道菜的制作方法和传说故事，记录食物的风味特色，有时还会去图书馆查阅文献资料加以佐证。当我知道了每道菜的前世今生和美味奥秘，学到其烹饪技巧后，感到非常开心。

本书介绍的近百种美食都是我用"心"品鉴过的，囊括了中国八大菜系的经典名菜和深受人们喜爱的风味小吃，这些美食不仅好吃，而且能勾起我们美好的回忆。

有人说，世界上最治愈人心的东西，第一是美食，第二是文字！我认为，美食不仅可以抚慰我们疲惫的心灵、排解生活的苦闷，还能激发我们对生活的热情。

其实，世间最"暖"的美食当属家乡味道。正如纪录片《舌尖上的中国》导演陈晓卿所说："中国人对食物的感情多半是思乡、是怀旧、是留恋童年的过往。"是的，我们每个人的味蕾上都有一串"基因密码"，铭刻着童年与故乡的记忆。父母在家常饭菜中早已将家乡的食物藏进我们的味觉记忆库，一旦尝到熟悉的味道，我们的记忆就会被唤醒，成为我们与故乡和父母割不断的牵绊。

一个在美国做生意的四川小伙回家后，吃到母亲做的"水煮鱼片"潸然泪下，因为新冠肺炎疫情，这个味道让他想念了3年，那种味蕾的冲击，那种让人心头一震的感动，难以言表。

从某种意义上来说，留在味蕾的往往不是菜的色香味，而是一种人内心的感觉。正如外婆和妈妈做的菜常常比五星级酒店的菜更让我们留恋，不是因为她们做的菜色香味更佳，而是她们赋予了饭菜更多的情感。这些情感无可替代，这就是美食之美的至高境界。

人间烟火气，最抚凡人心。烟火气是食物的气息，也是生活的气息，它就在我们所食的一日三餐中，平时毫不起眼，却总在我们需要的时候给我们慰藉。而充满烟火气的生活才是最值得回味、最有诗意的生活。

一个有烟火气的人多是懂生活的人。他无论身处何种境地，总能在柴米油盐酱醋茶中找回对生活的热忱，将生活嚼得有滋有味，把日子过得有声有色。

有人说，烟火气是俗气，因为它充斥着柴米油盐的平淡和琐碎，而我却钟情于生活中琐碎的温暖。世间万物，道理万千，其实不过盛满人生之道的一碗人间烟火。正如汪曾祺先生所说:"四方食事,不过一碗人间烟火。"人活一世,活得就是烟火气。活出烟火气是人的生活态度,更是人高级的能力。愿每个人都拥有一颗浸透人间烟火的心,吃美味的食物,过闲适的生活,享惬意的人生!

目 录
Contents

第 一 章

品味
经典

第二章

风味人间

品味经典

第一章

品味经典

一道菜之所以出名，不只因为好吃，还因为其有一段故事、一个传奇、一段历史，同时承载了不同的气候环境、历史文化和地域风情。

因此，我们需要了解这道菜背后的人文故事，这样才能知其味，知其所以味。

北京烤鸭

一提到烤鸭，人们首先会想到北京烤鸭。烤鸭作为北京的标志性美食，具有色泽红润、肉质细嫩、味道醇厚、肥而不腻、柔软淡香的特点，堪称"天下美味"，驰名中外。

北京烤鸭历史悠久，早在南北朝的《食珍录》中就有"炙鸭"的记载。15世纪初，明成祖朱棣迁都北京，烤鸭技术也从南京流传到了北京，并进一步发展，北京烤鸭由此而来。

北京烤鸭分为挂炉烤鸭和焖炉烤鸭，挂炉烤鸭以"全聚德"为代表，焖炉烤鸭则以"便宜坊"为代表。

"便宜坊"烤鸭店于1416年开门营业，是北京第一家烤鸭店。1864年，"全聚德"烤鸭店挂牌营业，开启了北京烤鸭的新时代。

"全聚德"烤鸭的创始人是杨全仁，河北人，在北京以贩卖鸡鸭为生，他精明能干，生意十分红火，平时省吃俭用，经过几年的艰苦奋斗，有了一些积蓄。1864年，他用多年的积蓄买下了北京肉市胡同倒闭的德聚全干果铺。朋友们说这个地方风水不好，赚不了钱，但他偏不信，他将原店名倒了过来，给自己的店命名为"全聚德"。就这样，"全聚德"

的名号逐渐响彻京城。

后来，杨全仁聘请了曾在清宫御膳房做烤鸭的孙师傅。孙师傅把原来的烤炉改为又高又深又宽的挂炉，可以同时烤十几只鸭子，还可以边烤边取，方便快捷。挂炉不安炉门，鸭子用果木明火烤制，使得其拥有特殊的清香味，"全聚德"从此声名鹊起，北京烤鸭也有了两大流派，即以全聚德为代表的挂炉烤鸭和以便宜坊为代表的焖炉烤鸭。

两派最大的区别在于火的用法：挂炉烤鸭以枣木、梨木等果木为燃料，采用明火烘烤，对掌炉者的技术要求非常高。首先将果木炭烧至210℃，鸭子在这种高温下烘烤90分钟，全程有师傅专门盯烤、翻转，一刻也不懈怠，以确保鸭子受热均匀，烤熟的鸭子外形饱满、颜色鲜亮、皮脆肉嫩，散发着一股淡淡的果木清香。全聚德挂炉烤鸭技艺被列入首批"国家级非物质文化遗产名录"。

焖炉烤鸭的制作是先烧木柴，明火熄灭后关上炉门，以炉壁的余温烘烤鸭胚。凭借炉内的热力烘烤，温度先高后低，因烤制过程中"鸭子不见明火"，故烤鸭表面没有杂质。烤出的鸭子皮肉相连，外皮油亮，脂肪细嫩饱满，鸭肉更加松软多汁，人称"绿色烤鸭"。

这两大流派的烤鸭虽然烤制方法不同，但有几个共同点：色泽鲜亮，肉质细嫩，味道醇厚，肥而不腻。

北京烤鸭的制作过程非常讲究。一道正宗的北京烤鸭，仅真材实料远远不够，还要经过清洗、制胚、吹气、烫胚、打色、晾胚、灌汤等12道工序，才能挂到炉中烤制。

北京烤鸭的制作是烤鸭师傅手艺的体现，所选的食材、所用的火候无

挂炉烤鸭

荷叶饼

一不是需要注意的细节，全凭师傅的经验与手感，只有技艺纯熟才能使烤出的鸭子"外酥里嫩"。

人们都知道，外皮呈枣红色的烤鸭是最好的。当泛着油光的烤鸭从炉子里取出，外皮变得酥脆，看起来油腻，但入口肥而不腻。吃烤鸭是视觉、嗅觉、味觉的多重体验。

北京人爱吃、会吃、懂吃、讲究吃。吃，是人的本能，是人的生存之道。但要论吃出门道，吃出品位，北京人当在其列。

北京人吃烤鸭很讲究，烤鸭店的师傅当着客人的面将鸭肉片出来，然后摆在盘中供客人享用。

片烤鸭有"黄金八分钟"之说，即出炉后的 8 分钟是烤鸭切片装盘的黄金时间，稍有延误就会影响其脆爽的口感。刚出炉的烤鸭全身呈枣红色，看了让人很有食欲。放水前，鸭皮紧绷饱满，没有一点褶皱。因此，从师傅下刀到片完整只鸭，最多 8 分钟，以保证鸭肉的鲜美和鸭皮的酥脆。

师傅的刀一挥，鸭皮鸭肉轻松脱落，片片均匀，连皮带肉，断而不散，肉香四溢。

小蒸笼装的荷叶饼，每片都很均匀，配上烤鸭肉片、葱条、黄瓜条，蘸上秘制的烤鸭酱，一口吃下，令人回味无穷，颇有仪式感。

用荷叶饼包着蘸了甜面酱的鸭肉片，再来点大葱条和黄瓜条

　　北京烤鸭有两种常见的吃法。第一种是用荷叶饼包着蘸了甜面酱的鸭肉片，再来点大葱条和黄瓜条，口感香醇，舌尖上有一种酸甜咸辣全部散开的刺激感，鸭肉的油脂香被很好地中和。第二种则是蘸白糖吃，这种吃法颇受年轻人青睐，不会使口中留有葱味，白糖细腻的甜又将鸭肉自带的咸香彰显得彻底，突出了烤鸭的原味。

　　还有人喜欢将片好的烤鸭蘸着蒜泥、甜面酱吃，鲜香中增添了一丝辣味，风味更独特。

　　俗话说"不到长城非好汉，不吃烤鸭真遗憾"。到了北京不吃烤鸭是一种损失。北京除了全聚德烤鸭、便宜坊烤鸭，还有一些店的烤鸭比较地道，且各具特色，大家不妨亲自来发掘。

蘸白糖吃

前门东大街的利群烤鸭店我和朋友去过几次，店址是由传统的四合院改造成的，通过狭窄的胡同，突然豁然开朗，店堂很大，烤鸭是由明炭火烤制的，味道很传统，远远地就可以闻到一股浓浓的烤鸭香。如果遇到排队人多的情况，每桌的用餐时间就会限定在一个小时。

便宜坊烤鸭是北京的老字号，也是焖炉烤鸭的代表，其特点是皮酥肉嫩，口味鲜美，又因其烤制过程中鸭子不见明火，使得烤鸭表面无杂质。便宜坊焖炉烤鸭技艺被列入"北京市市级非物质文化遗产保护名录"。

一炉百年火，铸就一只鸭。作为京派美食最负盛誉的一张名片，北京烤鸭经过上百年的积淀与传承，演绎了一部异彩纷呈的北京烤鸭进化史，让顾客品尝美味的同时，也能感受到中华美食文化的魅力，体味北京的百年余韵和独特风味。

东坡肉

"上有天堂，下有苏杭。"杭州不仅有迷人的风景，还有很多诱人的美食。我第一次去杭州时，朋友陪我游览西湖，到了午饭时间，朋友问我想吃什么？我不假思索地说："就东坡肉吧！"

朋友说："好！我们就去西湖边楼外楼品尝东坡肉，体悟苏轼的豁达人生！"

每个人的胃里都承载着一个故乡。"楼外楼"对于许多食客而言是"故乡美食"存在的地方。

"楼外楼"创建于1848年，至今已有170多年的历史，关于"楼外楼"名字的由来有一种说法：店主从南宋诗人林升《题临安邸》"山外青山楼外楼，西湖歌舞几时休"的诗句中得到启发，所以取名为"楼外楼"。"东坡肉"是楼外楼的招牌菜。

读过《苏东坡传》和他的诗词散文的人应该都知道，苏东坡不只是一位杰出的文学家，还是一位美食家。苏东坡经历过大起大落，人生坎坷。青年时期，他科举中榜，一路顺风顺水。但因为他的性格刚正，得罪了很多当朝权臣，不久就因"乌台诗案"被捕入狱，险些丢了性命。幸而王安石上书劝谏宋神宗才逃过一劫。

宋神宗元丰三年（1080年）二月，45岁的苏东坡从狱中出来，被贬至黄州（今湖北黄冈）任团练副使，实际是个虚职，但相比流放好得多。从此，他与妻儿回归田园，过上了男耕女织的生活。

在黄州，生活条件艰苦，但捉襟见肘的经济状况也未能阻挡苏东坡追求生活本真的热情。他和家人一起开垦山地，种植大麦，搭建雪堂，开挖鱼塘，自给自足，解决了全家人的吃饭问题。正

如林语堂先生在《苏东坡传》中所言："苏东坡最可爱之时，莫过于自食其力谋生活的时候。"

苏东坡的一首词："世事一场大梦，人生几度秋凉。夜来风叶已鸣廊。看取眉头鬓上。酒贱常愁客少，月明多被云妨。中秋谁与共孤光。把盏凄然北望。"他当时的失意落魄从中可见一斑。

那时，有钱人吃的一般是羊肉，因为猪肉太过油腻，苏东坡被贬黄州，哪里买得起羊肉？于是，苏东坡就食猪肉。农忙之余，他喜欢钻研美食，还专门写了一篇《猪肉颂》："净洗铛，少著水，柴头罨烟焰不起。待他自熟莫催他，火候足时他自美。黄州好猪肉，价贱如泥土。贵者不肯吃，贫者不解煮。早晨起来打两碗，饱得自家君莫管。"从中不难看出东坡先生不仅好吃，"早晨起来打两碗",而且深谙红烧肉"待他自熟莫催他,火候足时他自美"的烹饪之道!这首《猪肉颂》后来也成了做红烧肉的理论指导。

苏东坡是个吃货,还热爱烹饪,他就地取材,创制了很多闻名于世的美食,如炖肉、红烧肉、东坡鱼、东坡羹、东坡饼、东坡豆腐、东坡蜜酒等,这些美食同他的文学、艺术、诗词、思想一起流传了下来。由此可见,苏东坡为我国饮食文化和烹饪艺术的发展做出了很大贡献。

1088 年,杭州西湖因年久失修,日渐颓败,官府花了很多钱对西湖进行整治却未见效果,危急时刻,苏东坡被调到杭州任太守。

苏东坡认为"杭州之有西湖,如人之有眉目",是绝对不能废弃的。他带领杭州民众疏浚西湖,用以工代赈的办法动员百姓挖湖泥、修六桥。当年因灾害无以为继的百姓在苏东坡以工代赈的决策下得以度过灾年。因此,杭州居民家家有苏东坡画像,饮食必祝,又作生祠以报。

堤成之日,杭州百姓感激不尽,杀猪宰羊,敲锣打鼓,把肉送到太守府。苏东坡推辞不掉,只好收下。他亲自指导厨师将肉切成方块做成红烧肉,与民工分享。民工见苏太守送来的红烧肉红得透亮,色如玛瑙,吃起来软而不烂,肥而不腻,顿感不同寻常,纷纷称其"东坡肉"。于是"东坡肉"的美名得以流传。

西湖边有家酒楼的老板灵机一动,请来太守府的厨师,按照苏东坡的方法烹制东坡肉,于是酒楼从早到晚顾客不断,生意格外兴隆。其他饭馆见状也纷纷效仿,一时间,杭州大小饭馆都卖起了东坡肉,东坡肉成了杭州名菜。后来,东坡肉越做越精,名

寻味人间

气也越来越大，成为享誉全国的一道美食。

东坡肉的醇美是慢慢炖出来的。将一块普通的猪肉变成一道国宴菜，就足以说明了它的与众不同。

杭州楼外楼实业集团股份有限公司董事长邓志平介绍，东坡肉好吃但不好做。

首先，所选材料讲究，一定要用五花肉，一层肥一层瘦，这样的肉在一头猪身上找不到几块。制作东坡肉选用的是绍兴黄酒和杭州本地酱油。

其次，做东坡肉很耗时。第一步：把五花肉切成 4 厘米左右的方块，用棉线从四周捆好，然后焯水以除去肉腥味。第二步：锅底垫一层葱和姜，放上五花肉，再铺一层葱和姜，依次加入水、黄酒、酱油和白糖，注意水不要没过肉。大火烧开转小火慢炖，约 1 小时后用筷子戳一戳，戳得动就说明熟了。第三步：肉出锅后转入蒸锅，大火蒸 2 小时。蒸透的东坡肉酥软香糯，肥而不腻。这三个步骤下来，差不多要 4 小时。另外注意，加配料要一步到位，小火慢炖，使肉酥而不烂。

听完介绍，服务员即把一盅冒着热气的"东坡肉"端到桌上，只见一小方色泽红艳的五花肉伫立在小砂罐中，一半肥，一半瘦，仅一眼就令人垂涎欲滴。服务员用剪刀将草绳剪断就可以食用了。我深深地爱上了这种仪式感。

此时，我又想起了苏东坡的《猪肉颂》，同时夹一块东坡肉放到口中，肥而不腻，味醇汁浓，酥烂而形不碎，香糯而不腻口。我陶醉在了这美妙的味道中。

要知道，古时候做饭菜不是一件容易的事，铁锅很厚，不好把控火候，制作东坡肉要文火慢煨 3 小时，可见苏东坡对美食的执着追求。

　　苏东坡一生坎坷，贬谪数次，但他没有因仕途不顺一蹶不振，反而能够自得其乐，用美食、美景、美酒、诗词结交朋友，把生活过成了一首诗，活出了大自在。所以说，苏东坡是豁达的、成功的，也是伟大的！

可以说，东坡肉是一种人生境界，也是一种生活态度，如果你也吃懂了，便会豁然开朗，怡然自乐。

一个有烟火气的人，一般都是懂生活的人。无论身处何种境地，总能在柴米油盐酱醋茶中找到对生活的热忱，将生活品得有滋有味，把日子过得有声有色。

龙井虾仁

龙井虾仁是杭州的一道名菜，在杭帮菜中堪称一绝。龙井虾仁是以杭州西湖的龙井嫩芽为配料、以虾仁为主料制作的一道美食。

　　西湖龙井从古至今以"色绿、香郁、味甘、形美"著称，而河虾（青虾）被誉为"馔品所珍"，其不仅晶莹玉白、肉嫩鲜美，而且营养丰富。

　　名菜之所以成为名菜，除其口感独特、味道鲜美之外，还要有一定的文化底蕴和人文故事，让后人感怀美好的过往时联系并映衬自己现在的生活，龙井虾仁就是一道这样的名菜。

　　关于龙井虾仁的由来有这样一个故事：相传，龙井虾仁的创制与乾隆皇帝有关。据说，有一次乾隆下江南游览，他身着便服来到西湖。时值清明，当他来到龙井茶乡时，忽然下起了大雨，他只好到附近的一户农家避雨，农家女好客，用龙井和山泉为他泡了一杯茶。乾隆第

一次喝到如此香馥味醇的茶，喜出望外，便想带一点儿回去，但又不好意思开口，便趁村姑不注意抓了一把藏于便服内的龙袍里。

待雨过天晴，他告别农家女，继续游山玩水，直到日落才到西湖边的一家小酒楼点了几个菜。菜点好后，他忽然想起龙袍里的龙井茶，便想泡一杯解渴。于是他一边叫店小二，一边撩起便服取茶。店小二接茶时看见龙袍，吓了一跳，赶忙跑进厨房告诉老板。老板正在炒虾仁，一听皇帝驾到，心中紧张，忙中出错，竟将店小二拿进来的龙井茶当作葱花撒在炒好的虾仁上。谁知将这盘菜端到乾隆皇帝面前，清香扑鼻，乾隆皇帝尝了一口，顿觉鲜嫩可口，再看盘中菜，龙井翠绿欲滴，虾仁白嫩晶莹，乾隆皇帝禁不住连声赞叹："好菜！好菜！"并为其命名龙井虾仁。从此，龙井虾仁就成了一道体现西湖秀美气质、闻名遐迩的美馔。

茶叶入菜自古就有。据唐《茶赋》记载，茶乃"滋饭蔬之精素，攻肉食之膻腻"。美食家高阳在《古今食事》里提到："翁同龢创制了一道龙井虾仁，即西湖龙井茶叶炒虾仁，真堪与莲房鱼媲美。"（莲房鱼系徽州名菜，是以鱼肉为莲房、花生为莲实制成的莲蓬鱼，形色逼真，鱼肉鲜软，花生香脆，别具一格。）

1956 年，浙江省认定了 36 道杭州名菜，龙井虾仁位列其中。1972 年，美国总统尼克松访华，周恩来总理在杭州设宴招待他，菜单上就有这道龙井虾仁。虾仁晶莹鲜嫩、茶芽翠绿清香，尼克松品尝后赞不绝口。

清代诗人陆次之爱喝龙井茶，他在杂记中写道："龙井茶，真者甘香而不冽，啜之淡然，似乎无味，饮过之后，觉有一种太和之气，弥沦于齿颊之间，此无味之味，仍至味也。"这是人们追求的一种生活境界。

2020 年，我在杭州西湖国宾馆和楼外楼均品尝了龙井虾仁，果真名不虚传。

龙井虾仁菜形雅致，虾仁鲜嫩，色如翡翠如玉，龙井茶散发着诱人的清香，味道鲜美独特。

龙井虾仁最大的特色是将茶饮和虾仁融合，整道菜清香软嫩，

　　　　　　　　　　　　　　　寻味人间

虾仁玉白，茶芽碧绿，色泽雅丽，味道独特，食后清口开胃，回味无穷，尽显江南菜系特点，还是一道药食两用的食疗养生佳品。

据朋友介绍，制作龙井虾仁的龙井茶是清明节前采摘的西湖龙井新茶，芽叶碧绿，清香四溢，且含多种维生素，有软化血管、降低胆固醇等功效。虾仁取自新鲜的淡水虾，其含有丰富的蛋白质、维生素、矿物质（钙、磷、铁等）等，营养价值高，肉质鲜嫩味美，易消化，无腥味，对人的健康大有裨益。据科学研究，河虾可食部分的蛋白质含量为 16% ~ 20%。

制作龙井虾仁，茶叶的选用至关重要，最好选用西湖龙井。有条件的杭州人只采用龙井茶的"连心"嫩芽。

烹制龙井虾仁的步骤：首先将河虾洗净，剥出虾仁，用蛋清、盐、湿淀粉浆好。其次，取龙井新茶 10 克，沸水 50 克沏泡 10 分钟。再次，将浆好的虾仁用四成热的油滑熟，再烹上茶叶、茶汁、绍酒翻炒。最后，出锅装盘。

西湖龙井茶与虾仁堪称绝配，使湖鲜之美——虾仁一下子跃到一个超凡脱俗的清雅境界。

吃龙井虾仁，我们享受的不只是一道菜肴，更是一种文化、一幅精美的画作，那翠绿清新的龙井茶叶点缀在嫩白鲜美的虾仁上，彰显了江南菜的清秀端丽。

潜江小龙虾

一进入夏季，小龙虾便成了很多人餐桌上的主角，它是中国食客舌尖上跳动的美味，其肉质紧致，饱满肉厚，爽滑柔嫩，味道鲜美，是一道会让人上瘾的菜。

　　说到小龙虾就不得不提湖北。世界小龙虾看中国，中国小龙虾看湖北，湖北小龙虾看潜江。甚至有人说，市面上每两只小龙虾中就有一只来自湖北，中国每年出口的小龙虾中也有50%左右来自潜江。

　　中国人对食物的态度一向虔诚，对前往食物原产地更是有着非同一般的执念。潜江地处江汉平原腹地，湖泊星罗棋布，河流纵横，雨量充沛，气候适宜，水资源丰富且水质好，这些得天独厚的条件为小龙虾养殖创造了优越的条件。潜江市每年都会举办龙虾节，把吃小龙虾变成了节日式的狂欢，掀起了一轮又轮"红色"旋风，小小的龙虾一年可创造近千亿元的产值。

　　潜江，这个只有百万人口的小城，何以在全国掀起龙虾热？小龙虾兴盛20载，其间又有哪些不为人知的故事？

　　2021年5月，我乘高铁到潜江采访，探寻潜江小龙虾的奥秘，亲身体验潜江的龙虾文化、美食文化，感受潜江独特的人文风情。

　　我在高铁上遇到了几位潜江人，就询问他们潜江哪家店的小龙虾最好吃？他们说："去'虾皇'吧！"还告诉我："到了潜江一定要吃油焖大虾，否则就白来了！"

　　一下车，我就请前来接我的好友郑家荣开车直奔"虾皇"。

　　来到"虾皇"，一座巨大的小龙虾雕塑映入眼帘，其通体红亮，张扬霸气，活灵活现，似乎正张开双臂欢迎来自五湖四海的宾客。这座世界最大的小龙虾雕塑彰显着潜江独特的城市魅力和龙虾文化，向人们展示了小龙虾产业在潜江的地位，也彰显了"虾皇"的王者气势。

走进"虾皇"的宴会厅，上千平方米的大厅装修得富丽堂皇，整个大厅在五彩灯光的映衬下熠熠生辉，里面坐满了全国各地慕名而来的食客，热闹非凡，处处飘散着浓浓的龙虾香。

热情的服务员身着统一的工作服，面带微笑，穿梭于席间，将各种口味的小龙虾和其他菜肴送到食客面前，人们在这里尽情品尝着美味，脸上洋溢着幸福。这里的生意只能用火爆来形容。

我惊奇地发现，在潜江和在其他城市吃小龙虾完全不一样。无论在一线城市，还是在三四线城市，小餐馆、大排档是人们吃小龙虾的最佳去处。没想到，潜江的小龙虾店一个比一个豪华，"虾皇"更像一座美食艺术殿堂，给人耳目一新的感觉。我也有幸与朋友们一起来品尝全虾宴。

油焖小龙虾、蒜蓉小龙虾、麻辣小龙虾、清蒸小龙虾、椒盐

全虾宴

　　小龙虾、冰镇小龙虾、卤小龙虾、炸小龙虾8种风味的小龙虾，以及水果拼盘、凉拌毛豆、煎豆饼、炒花甲、砂锅鱼、凉面等美味佳肴摆满了桌，场面非常壮观，让我们既饱了口福又饱了眼福！

　　油亮鲜红的小龙虾端上桌，简单拼盘，为了营造气氛还加了干冰渲染，桌上云烟氤氲，整桌小龙虾有种"身处"仙境的神秘感，若隐若现，再配上音乐，场景和氛围令人震撼。云开雾散，露出全虾宴的真容，整个过程颇具仪式感，大大激发了人的食欲。

　　拍照打卡后，大家都禁不住小龙虾的诱惑，戴上手套，挽起袖子，选择自己喜欢的口味，畅快地吃了起来！

　　潜江"虾皇"创始人、潜江虾皇实业有限公司董事长潘红羽用一首生动形象的顺口溜向我们介绍吃小龙虾的正确方式：

寻味人间

牵起它的小手（用手抓起龙虾的大钳），搂着它的细腰（抓住龙虾的腰身），掀开它的红盖头（剥掉龙虾身上的硬壳），抽出它的白细带（抽掉龙虾尾部的虾线），解开它的红兜兜（撕开龙虾的腹节），拉下它的红裤头（拽掉尾节、尾肢），露出它的白鲜肉（将又白又嫩的龙虾仁剥出来），轻轻地吻一口（虾头靠到嘴边，深深地吸一口，吸掉裸露的虾黄，还可以吸到虾壳里的汤汁，别有一番风味）。

这就是吃龙虾的诀窍，如果按照潜江人吃龙虾的程序进行，会非常有意思。

于是，我也按照这8个步骤吃了起来，先用筷子把龙虾夹

到碗里冷却，然后筷子与手并用，揪头，露出白嫩虾肉，食指衔尾，用牙轻轻一拽就吃到了虾肉，非常方便。

油焖小龙虾是"虾皇"的招牌菜，备受食客青睐。潜江"虾皇"总部的两家店曾一天卖出12吨小龙虾，创下了吉尼斯世界纪录。

那么，"虾皇"的油焖小龙虾有什么独特之处呢？

潘红羽介绍：一是精选当地的优质小龙虾，虾皇对小龙虾的选取和烹饪要求极高，不仅要个大肉厚，而且要鲜活。在采购时坚持"四个不收"：铁壳虾不收，晚壳虾不收，小尾虾不收，脏水虾不收。在品质上做到"五不售"：不新鲜不出售，清洗不干净不出售，规格不达标不出售，火候不够不出售，味道不正不出售。小龙虾烹制到极致，让消费者吃得放心、吃得开心。二是烹制方

油焖小龙虾

寻味人间

法独特。"虾皇"采用小锅烹制，焖烧半小时，龙虾色泽鲜艳，颜值高，香辣可口，鲜美回甘，虾肉紧致，虾壳软硬适度，肉质弹嫩，香味较淡，但更能凸显龙虾鲜美Q弹的口感。即使是油焖小龙虾，食客也不会感到油腻。三是有秘制的调料。调料是油焖小龙虾的灵魂，"虾皇"选取小茴香、桂皮、砂仁、白芷、白蔻、山柰等18味草本药材，经过8小时熬制，使药材的香味与油香融为一体，使得油焖大虾集鲜、香、麻、辣、脆、肥、厚、滑于一体，给食客的舌尖带来了异乎寻常的体验。

此外，"虾皇"在加工油焖小龙虾前还使用了"七刀剪虾法"，这是虾皇油焖小龙虾好吃的秘诀之一。大厨还给我演示了"七刀剪虾法"的绝技，令我大开眼界。

所谓"七刀剪虾法"：第一刀，剪去虾的头部，眼睛下面一点儿，口不能开大，以防虾黄流出；第二刀，挑出黑色胃囊；第三刀，剪去左边小脚；第四刀，剪去右边小脚；第五刀，抽出虾线；第六刀，背部左侧一刀；第七刀，背部右侧一刀。第六刀和第七刀在虾尾部解开一条缝，烹制时便于入味，食用时便于剥壳。

一只小龙虾经过这"七刀"，顿时变得干干净净，在水与火的洗礼下，小龙虾和调料相互碰撞交融，变成了一道触动人们味蕾的美食，让每位顾客吃得放心。

"虾皇"烹制的小龙虾个头特别大，一只只硕大的小龙虾码放在瓷盘中，鲜红亮丽。油焖小龙虾吸满了红油汤汁，细嫩的虾肉被充盈的汁水覆盖，入口还会爆汁；其壳肉分离，轻轻一嗦，又肥又大的虾肉就出来了。

吸完小龙虾壳里的汤汁，剥开其鲜红的外壳，肥美Q弹的虾肉呈现在眼前，颗颗油亮，饱满诱人。虾肉入口，鲜香麻辣在舌尖绽放，味蕾即刻被麻辣占据，再度回味，汤汁的浓郁在口齿间萦绕。

厨师告诉我，一份优秀的油焖小龙虾必定色香味俱全。飘散满堂的勾魂香气只是入门级。制作油焖小龙虾的虾肥硕、饱满，开过背的虾肉不散不软，弹性足且入味，这样的油焖小龙虾才谈得上优秀。

其余味回甜的秘诀是烹制时加啤酒。经过香料热油爆炒的小龙虾不加高汤，而是在啤酒的温柔怀抱中滚沸半小时。烧虾时，啤酒中的酒精挥发，只留下麦芽的香气和微甜渗透虾肉。

肥美Q弹的虾肉

清蒸小龙虾肉质嫩、口感鲜香，可以随个人喜好添加各种味道的调料汁，吃后唇齿留香，令人回味无穷。

其实，若不是厨师对小龙虾的品质有十足的底气和信心，是不敢清蒸的。毕竟清蒸的烹饪方法对小龙虾的新鲜度要求很高，要是不蘸料直接吃，食客一口就能尝出虾的好坏。

油炸小龙虾加了秘制酱料爆炒，出锅后的小龙虾外壳金黄酥脆，散发着孜然的香味，香脆爽口，可

寻味人间

清蒸小龙虾

以直接连壳吃。此外，锅底还有焦香干脆的锅巴打底，食客们千万别错过这道难得的美味！

冰镇小龙虾是最能凸显龙虾肉质和口感的，冰镇小龙虾要选用上乘的潜江小龙虾，个头要大，肉质丰满，白灼后加冰块冰镇，虾肉会更加Q弹。口重的人可以佐以酱料食用。而我更偏爱原味，唯有食原味，才更能品出小龙虾的鲜美。

蒜蓉小龙虾受众颇多，老少皆

冰镇小龙虾

宜，也是我最喜欢的口味。南方人大多不喜食生蒜，但剁得细碎的蒜蓉被精心炒制调味后，没有了辛辣，只留下蒜香和微甜。

可以说，蒜香四溢的蒜蓉小龙虾是很多食客无法抗拒的人间至味。金黄色的蒜蓉紧紧地贴在小龙虾上，煮制的蒜泥汤汁浓稠醇厚，香气浓郁，不但颜值高，口味也是一绝。

鲜红的小龙虾被软绵的蒜蓉包裹着，先嗦壳再取肉，虾肉的香甜与蒜的香味完美融合。

茴香是小龙虾好吃的根源，辣椒则是小龙虾好吃的灵魂。烹饪小龙虾一般选用辣椒王、灯笼椒、印度魔鬼椒、混合椒4种辣椒混合，中和辣味，使得所烹制的小龙虾辣味更加纯正，做到辣不伤舌、不呛喉，回味悠长，越吃越上瘾。

"虾皇"创立于2009年，经过12年的发展，从一家名不见经传的小店发展成湖北小龙虾餐饮业的知名品牌。"虾皇"的蒜蓉小龙虾被中国烹饪协会评为"中国名菜";"虾皇"油焖小龙虾被湖北省烹饪协会评为"最受欢迎金牌菜"。它们不仅征服了消费者的味蕾,而且树立了良好的口碑。无论是油焖小龙虾、清蒸小龙虾,还是蒜蓉小龙虾、卤小龙虾,都能一次又一次惊艳食客,中国小龙虾之最当数潜江!

蒜蓉小龙虾

文昌鸡

海南省四面临海、物产丰富，一提到海南美食，估计很多人会首先想到文昌鸡。

文昌鸡是海南省最负盛名的传统菜，为海南四大名吃之首，因产自文昌而得名，至今已有 400 多年的历史，2004 年被列入国家"原产地域保护产品"。

文昌鸡的摆盘精美，色泽淡黄光亮，其肉质滑嫩，皮薄骨酥，味道鲜美，蘸佐料吃，入口喷香，非常爽滑，此外，其营养丰富，是到海南旅游必尝的美食。

相传，明代有一文昌人在朝为官，他回京时带了几只鸡献给皇帝。皇帝品尝后称赞："鸡出文化之乡，人杰地灵，文化昌盛，鸡亦香甜，真乃文昌鸡也！"文昌鸡由此得名，誉满天下。

海南人喜欢吃鸡，素有"无鸡不成宴"的说法。文昌鸡也是海南人宴请宾客的必点菜。

文昌鸡为何备受海南人推崇？

海南师范大学中文系教授单正平介绍，文昌鸡之所以享有盛名，首先是因为它有独特的肉质和味道，美食家已经用精彩细腻的笔触无数次描写了这种神奇的肉是如何作用于我们的味蕾、肠胃甚至心灵。美食家之所以被称为美食家，是因为他们不仅有精妙的舌尖，而且善于从美食中发现独特的精神。

文昌鸡之所以备受欢迎，与海南省的饮食文化也有关。海南汉族的先祖多为中原人，古时候，中原人不食海鲜，所吃的鱼大多也是从江河湖中捕获的。《诗经》里多处写到鸡。最著名的句子莫过于"风雨如晦，鸡鸣不已"。鸡鸣预示着黎明、未来、唤醒、启蒙。十二生肖里也有鸡，由此可见，鸡在中国的文化地位是比较高的，此外，海南人过年祭祀也要有鸡。

文昌鸡

中国很多地方美食中都有鸡，如道口烧鸡、德州扒鸡、叫花鸡、口水鸡、贵妃鸡、黄焖鸡、红烧鸡、烤鸡、卤鸡、汽锅鸡、油淋鸡……以鸡为主料的菜肴五花八门，令食客们应接不暇。文昌的朋友夸张地说："这些鸡遇到文昌鸡都要败下阵来。"

文昌鸡之所以好吃，除了当地优越的养殖环境和精细的喂养方法，其喂养期也很有讲究。

文昌鸡产自文昌市潭牛镇天赐村，该村盛长榕树，榕树籽营养丰富，鸡啄食后，肉质极佳。文昌鸡生长初期要放养，给它们足够的空间，让它自由活动，大概放养九个月后开始圈养，在安静避光处连续育肥两个月，之后才能食用。这种独特的养殖方法造就了文昌鸡皮薄肉嫩、骨酥皮脆的完美口感。

文昌鸡毛色鲜艳，翅短脚矮，身圆股平。文昌鸡的烹制方法有两种：一是白斩鸡，二是椰子鸡。文昌鸡的鸡骨吃起来是软的，

文昌鸡

圈养的目的是使它的骨头变软，鸡翅和鸡脚没有骨头，肉很细嫩，味道醇香。因为文昌鸡的肉质滑嫩，所以海南人吃文昌鸡都以白斩为主，这样最能体现文昌鸡的鲜嫩和原汁原味。

独特的蘸料把文昌鸡鲜嫩的特色发挥到极致，吃鸡肉前，一定要先把鸡肉放在蘸料里压一压，让鸡肉吸收蘸料的味道，这样味道更丰富。

白斩文昌鸡虽以清水白煮，但每一步都见功夫，要精准掌握火候与烹煮时间，这样才能获得鸡肉甜香馥郁的独特风味。Q弹的鸡皮、鲜美的肉质，一口下去，醇厚的肉汁在口腔中流淌，令人回味。

我还吃过一次地道的盐焗文昌鸡，在白斩文昌鸡做法的基础上进行了改良。文昌鸡在入炉前已经用香料和海盐腌制，再以海南传统手工调制的老盐慢火盐焗，做出来的盐焗文昌鸡咸香入骨，皮脆肉嫩，撕扯下一块鸡肉，汁水外流，鸡皮油嫩，鸡肉紧致富有弹性，很是美味。

寻味人间

对于每个文昌人而言，文昌鸡不只是一道美食，还是文昌人精神的一部分，更是萦绕在每个远在异乡的人心中一生挥之不去的乡土记忆。味道鲜美醇厚的文昌鸡、咸酥的盐焗鸡、嚼劲十足的酱油鸡，每种味道都是解不开的乡愁。

文昌鸡的最佳"搭档"当属文昌鸡饭。文昌鸡饭又称海南鸡饭，同文昌鸡一样，美名享誉世界，至少在有华人的地方都有它的身影。很多回海南探亲的华侨说，有华侨的地方就会有海南鸡饭。在远渡重洋的华侨心中，一碗海南鸡饭，不只是填饱肚子的食物，更是对千里外家乡和亲人的思念。

海南鸡饭的做法比较简单，首先将洗净并晾干水分的大米倒进事先炸好的鸡油中翻炒，然后在铁锅中倒入适量的鸡汤调匀，盖住锅盖，文火煮半个小时，随后，香喷喷的海南鸡饭就出锅了，每吃一口都是独特的海南味道。

莲藕排骨汤

　　莲藕排骨汤是湖北十大名菜之一。湖北人爱喝汤，尤其喜欢莲藕排骨汤，所以民间有"三天不喝汤，心里就发慌"的说法。

　　湖北人性格耿直，热情好客，宴请亲友的压轴菜必是一锅莲藕排骨汤。年夜饭更是少不了莲藕排骨汤，否则便算不上过年。

　　制作莲藕排骨汤只用莲藕和排骨两种食材，文火煨制，直到肉烂脱骨，莲藕口感粉糯又不失清脆，汤既有藕的清甜又有排骨的肉香，营养丰富，鲜香味美，是一款温润滋补的佳品，深受人

们喜爱。

湖北素有"千湖之省""鱼米之乡"的美称，这里湖泊众多，盛产莲藕。藕粗长肥硕、质细白嫩、藕丝绵长，而且口感香甜，富含多种营养物质，具有开胃益血、补气补钙的功效。湖北人，尤其是武汉人，擅将本地的莲藕与排骨或筒子骨结合，文火煨到肉烂骨脱，从而造就了莲藕排骨汤这道经典菜。

民谚："荷莲一身宝，秋藕最补人。"莲藕自古以来就为人们所钟爱，据考证，我国早在3000多年前就有有关莲藕的记录。明代李时珍在《本草纲目》中对莲藕有详细描述："白花藕大而孔扁者，生食味甘，煮食不美；红花及野藕，生食味涩，煮蒸则佳。夫藕生于卑污，而洁白自若……四时可食，令人心欢，可谓灵根矣。"由此可见，李时珍不仅是"药圣"，还是一名对莲藕颇有研究的美食家。

据说，八仙之一的何仙姑曾与"藕"有一段传奇故事。传闻，八仙之一的何仙姑还未成仙时遇大旱，当时，她看到土地干裂、河流干涸、百姓流离失所，非常伤感。于是，她向天祷告祈求，这时飞来一只仙鹤，它按照何仙姑的请求在地上啄出很多泉眼，有了水，旱灾就得到了缓解。

何仙姑又抽出自己手中的荷花，在泉水上施法，瞬间，地上长出了很多莲花，莲花下拱出许多藕。于是，人们以其为食，度过灾年。后来，很多地方开始种植莲藕。

"长江的鱼，洪湖的藕，才子佳人吃了不想走。"莲藕排骨汤在湖北人的生活里占据着十分重要的位置，是当之无愧的"荆楚第一汤"，同时是湖北重要的文化符号。

在湖北还有"藕代表佳偶天成"之说，因为"偶"与"藕"同音，所以新人结婚时要喝莲藕汤，"配偶"吃藕不变心；藕节多、分叉多，则寓意节节高升、儿孙满堂；湖北盛产莲子，莲子还有多子多福的寓意。

湖北人煨莲藕排骨汤必选当地的粉藕。粉藕生长在深水湖中，短粗圆润，淀粉含量高，汤煨后食之，口感微甜，入口即化。

如果莲藕吃起来没有入口即化的口感，无论与之相配的排骨有多香，湖北人都认为这锅汤不合格。内行人都知道，煨汤用的粉藕最好选用有"铁绣"色的，而不用粗大的杂交藕。

此处要看颜色，优质粉藕削皮后整体呈浅粉色，煨出来的汤也是浅粉色的。品质差的粉藕削皮后颜色发黑，煨出来的汤呈红

湖北粉藕

褐色。这是因为优质粉藕的淀粉含量高、粗纤维少、多酚氧化酶活性低。

好藕知时节，入秋最养人。湖北人喝莲藕排骨汤一般是在入秋后，天气渐冷，历经夏日煎熬的人们开始温补，此时，粉糯的秋藕刚刚上市，正是炖汤的好时节。

随着荷花、荷叶的败落，藕中储存的淀粉、蛋白质等营养物质的量达到顶峰。开春后，藕就开始萌发，长成新荷，淀粉被逐渐消耗，因此，秋冬季的藕最粉糯。如果你想喝好喝的莲藕排骨汤，选对时节很重要。

湖北人煨莲藕排骨汤的排骨一般都选上乘的土猪排骨，这样煨出来才能达到"酥而不烂，烂而不垮"的境界。

湖北的莲藕排骨汤都是煨出来的。煨汤讲究的是文火慢熬，将食材中的精华煨出来，溶于汤中，营养和滋味均更上一层楼。

小火慢煨，汤水咕嘟咕嘟与炉火低语呢喃，香气在屋子里飘散……喝上一碗莲藕排骨汤，鲜美甘甜的汤汁在唇齿间回荡。可以说，湖北人把莲藕排骨汤煨到了极致。

湖北人煨汤要用砂锅和"吊子"（陶瓷罐），尽量不用金属器具（尤其是铁器），不然汤汁容易变黑。

做莲藕排骨汤，先大火烧开，然后改小火慢煨，一般要煨3小时，这样煨出的莲藕排骨汤香浓清甜，排骨有嚼劲，肉脱骨而不烂，藕吃起来粉糯又不失清脆，汤汁稠且白，浓而不腻。

装藕汤要用宽口白瓷盆，瓷白方能烘托藕汤的光泽，也不需要配菜，一碗汤里有菜、有肉、有汤，有蛋白质、有淀粉，营养丰富，味道鲜美。

笔者是土生土长的湖北人，对制作莲藕排骨汤的步骤了然于胸，提醒大家在做莲藕排骨汤时要注意以下四点：

寻味人间

第一，要将排骨放到锅中煮去血沫，然后清洗干净，这样炖出来的汤更清甜。

第二，用砂锅或陶瓷罐煨的汤味道更好，不建议用高压锅。

第三，水一次加好，最好不要中途补水。

第四，煨汤的时候，如果想要浓汤就用大火，如果想要清汤就用小火。

一方水土养一方人，一方水土产一方特色。莲藕排骨汤是湖北人心中最温情的美食，砂锅咕嘟咕嘟冒着热气，在寒冷的冬天喝一碗莲藕排骨汤，暖心又滋补。

"十年冇回家，天天都想家家（外婆），家家煨藕汤等着外孙伢……"每次听到这首武汉民谣总感觉格外亲切。湖北老一辈喜欢用煤球炉子和砂锅铫子来煨莲藕排骨汤，静静地守候一锅美味，莲藕排骨汤的灵魂也在于此。一锅莲藕排骨汤不仅煨出了湖北人待客的热情，也熬出了湖北人割舍不断的乡愁。

宫保鸡丁

　　在中国经典菜中，宫保鸡丁是我百吃不腻的一道。作为川菜的六大名菜之一，宫保鸡丁是以鸡丁、辣椒、花生为主要原料炒制而成的，鸡肉的软嫩配上花生的酥脆，入口鲜辣酥香，辣椒红而不辣。

　　宫保鸡丁凭借丰富均衡的营养、独特的风味，不仅出现在了国宴的菜单上，而且登上了太空，成为中国航天员的航天营养餐之一。

作为川菜的代表，许多人只知道宫保鸡丁美味，却不知其历史。

宫保鸡丁的发明者叫丁宝桢，光绪年间曾任四川总督，他对烹饪颇有研究。在担任四川总督时，他发明了一道将鸡丁、红辣椒和花生米下锅爆炒的菜，并流传开来，广受人们欢迎。这道菜本来是丁家的私房菜，但后来人尽皆知，就成了人们熟知的宫保鸡丁。

而"宫保"正是丁宝桢的"荣誉官衔"，他为官刚正不阿，治

蜀 10 年颇有建树，于光绪十一年（1885 年）死在任上。清廷为了表彰他的功绩，追赠"太子太保"的官衔。"太子太保"是"宫保"之一，因此，为了纪念丁宝桢，人们就将他发明的这道菜命名为"宫保鸡丁"。

如今，全国各地都有宫保鸡丁这道菜，但食材和做法有所不同，口感也不一样，我品尝过很多地方的宫保鸡丁，风味大致可分为：川菜、黔菜、鲁菜和京菜。

川菜风味的宫保鸡丁用的是鸡胸肉，由于鸡胸肉不容易入味，炒制后容易出现嫩滑不足的问题，因此需要在调味上浆前用刀背将鸡肉拍打几下，或加一个鸡蛋白，这样鸡肉会更加嫩滑。川菜的宫保鸡丁原料中必须要有油酥花生和干辣椒段。为保持鸡肉的脆劲，要在鸡肉中倒入适量的料酒、酱油、鸡蛋、淀粉勾芡，让食材都裹上薄芡。再加适量的白糖提味，入口五味俱全，令人欲罢不能，这就是四川风味宫保鸡丁的魅力。

黔菜风味的宫保鸡丁用的是糍粑辣椒，与川菜风味、鲁菜风味不同。黔菜风味的宫保鸡丁咸辣中有酸甜，注意这个"酸"字，酸辣是黔菜与川菜的重要区别。

鲁菜风味的宫保鸡丁选用鸡腿肉烹制，为了更好地突出宫保鸡丁的口感，鲁菜还在其中添加了笋丁或马蹄丁。鲁菜风味的宫保鸡丁做法和川菜风味的做法大致相同，但更注重急火爆炒，目的是保持鸡丁的鲜嫩。

京菜风味的宫保鸡丁以土鸡胸肉为原料制作而成，鸡肉嫩滑，口感酸甜，甜味中带有一种果香，因为其中放了新鲜的荔枝，开胃又下饭。

川菜味宫保鸡丁是各地比较常见的，别看只是一道家常菜，它背后的学问可大了，从食材、火候到调汁都有讲究。

我曾在四川岷山饭店品尝过川菜风味宫保鸡丁，这道菜精选新鲜鸡胸肉、油炸花生、辣椒段、大葱、料酒、白胡椒、花椒粉、香醋、酱油、姜汁、盐、食用油烹制，色泽红亮，令人很有食欲，入口鸡肉嫩滑，舌尖先感觉有点辣，随后冲击味蕾的是一股甜意，咀嚼时又会有些酸，麻、辣、酸、香、甜包裹下的鸡丁，口感十分丰富。

衡量宫保鸡丁是否好吃有四个重要标准：鸡肉是否嫩滑，鸡腿肉比鸡胸肉更嫩；花生是否酥脆，花生先水泡去皮再油炸；食材以梭子块为佳，入味面广；胡辣荔枝口感，入口香气最先感受到，酸、甜、麻、辣交织出奇特味道，俘获了广大食客的胃。

口水鸡

中国人会吃更会做，哪怕是同一食材，也能以不同的烹饪方法做出不同口味的食物。仅鸡肉这种食材，全国各地就有很多种做法，如白斩鸡、葱油鸡、扒鸡、烧鸡、炖鸡等，每种做法都有不同的风味，其中，口水鸡就是一道非常好吃的川菜。

口水鸡又叫白斩鸡，属于精品川菜，那口水鸡的名字是怎么来的呢？

"口水"其实是个动词，即"流口水"，是川渝人形容食物好吃的一种表达，可以理解为"让人流口水的鸡"。

相传，有一人路过大阳沟白斩鸡店，闻到鸡肉和红油辣子的香味，顿时口水直流，吃白斩鸡流口水就此流传开来。

著名作家、历史学家郭沫若所著《睽波曲》中有这样一段描述："少年时代在故乡四川吃的白斩鸡，白生生的肉块，红殷殷的油辣子海椒，现在想来还口水长流……"

后来，有人从郭沫若先生的这段话里提取了"口水"二字，将"白斩鸡"更名为"口水鸡"，这就是"口水鸡"的由来。名人随手拈来"口水"二字，成就了大名鼎鼎的"口水鸡"。

口水鸡这名字听起来有点不雅，但会在人脑海中塑造一个口水滴答的形象，凸显文学意象。

白斩鸡之所以被更名为口水鸡，除了想借大文豪郭沫若的文雅之气，还有一个非常重要的原因，那就是正宗的四川口水鸡要放很多花椒，吃后嘴巴发麻，会不由自主地流口水。

鸡肉是一种人们常吃且营养丰富的食材，可以炒、炖、卤、烤，鸡肉富含蛋白质和不饱和脂肪酸。

口水鸡是一道凉菜，调味丰富，素有"名驰巴蜀三千里，味压江南十二州"的美誉。烹制的汤料很有讲究，需要最大限度地保存鸡的可溶性蛋白，提高鸡肉的鲜美程度，又有其特定的香味和滋味。

正宗的四川口水鸡之所以能达到"名驰巴蜀三千里，味压江南十二州"的境界，主要因为此菜的选料和调味都极为讲究。鸡要用农村土养的仔公鸡，调味要用大量正宗川椒，其他辅助调味料也要放足。正是因为选料和调味讲究，才造就了麻辣鲜香嫩的口水鸡。

正如郭沫若先生所说，口水鸡的味道棒，除了油泼辣子的娇红，还有鸡肉的嫩黄鲜滑，绿葱点缀，香气扑鼻，嚼上一口，麻辣鲜香如潮水般涌入口腔，令人口水直流。

要做好一道地道的口水鸡，秘诀有八个字"煮沸、冲凉、浸泡、冰镇"。一份完美的口水鸡在温度变换中得以升华，变得多汁、滑嫩、皮脆，辣椒与佐料调和，辣而不燥，冰爽Q弹。

冰过的口水鸡外皮鲜嫩香软，鸡肉滑嫩，取一块鸡肉蘸上料汁，麻辣鲜香，充盈着我们的味蕾，回味悠长。

麻婆豆腐

豆腐是我们生活中最常见的食材，不管是大街还是小巷，只要有卖菜的地方就少不了豆腐。北方的冻豆腐、长沙的臭豆腐、贵州的米豆腐、徽州的毛豆腐、客家的酿豆腐、扬州的文思豆腐、云南的包浆豆腐……但是最为人称道的莫过于四川的麻婆豆腐。麻婆豆腐是著名的川菜。

麻婆豆腐因何得名？在四川成都有这样一个传说：

清代光绪年间，成都万宝酱园姓温的掌柜有个满脸麻子的女儿，名叫温巧巧，她嫁给了油坊的陈掌柜。10年后，陈掌柜在运油途中意外身亡。陈掌柜死后，温巧巧和小姑子的生活成了问题。运油工人和邻居每天拿来米和菜接济她们。油坊的邻居分别是开豆腐铺和羊肉铺的。她把碎羊肉配上豆腐炖成羊肉豆腐，味道香辣，街坊邻居尝后都感叹好吃。于是，姑嫂俩将油坊改成食店，以售卖豆腐维持生活。她烹制的豆腐麻辣鲜嫩，好吃又下饭，慕名而来的食客为了将其与其他豆腐区别开来，遂将其以"陈麻婆豆腐"命名，自此就有了"麻婆豆腐"的名号。

真正有据可考的是20世纪20—30年代，陈麻婆豆腐店的薛祥顺师傅做的麻婆豆腐，用料火候拿捏精细，可称天下一绝：锅中放清油煎熟，放牛肉，待其干酥时下豆豉及辣椒面，然后将豆腐托于手上切成小块，入锅后稍铲匀，加少许汤，最后盖上锅盖，烹制一会儿微收汁，视火候出锅。过程虽简单，但那种令人称绝的味道，吃过的人无不赞叹。如今，"陈麻婆豆腐"还流传到了海外，深受国外朋友喜爱。

麻婆豆腐作为川菜的代表之一，其色泽淡黄，豆腐软嫩有光泽，集麻、辣、香、酥、嫩、鲜于一身。

雪白细嫩的豆腐上点缀着牛肉末和油绿的青蒜苗，红油透亮，

口味麻辣，细嫩入味。配上米饭，堪称绝妙。

　　我曾到成都陈麻婆豆腐店品尝过两次"金牌麻婆豆腐"。陈麻婆豆腐店共有两层，店外店内都挂着红灯笼，显得非常喜庆。这里的就餐环境好，生意红火，就餐高峰时段需排队，菜品价格很亲民。

　　我先点了店里的招牌菜"金牌麻婆豆腐"，它是用砂锅装的，端上来还咕嘟咕嘟地冒着泡，热气腾腾的豆腐中散发着豆瓣酱特有的香味，豆腐表面有一层淡红色的辣椒油，再加上点缀其间的青蒜苗段，红的似火、白的如玉、绿的生翠，色香味恰如其分地融会在一起。

　　麻婆豆腐油红汁亮、软滑鲜嫩、口感顺滑。这里的酱爆腰花、回锅肉、宫保鸡丁、水煮肉片、毛血旺、粉蒸牛肉也是麻辣口味的，且物美价廉，我不禁感叹：成都人真有口福！

麻婆豆腐的主料为豆腐、蒜苗和牛肉末，调料为豆瓣酱、辣椒面、花椒面、酱油等，此菜将川菜麻辣的特点展现得淋漓尽致。

麻婆豆腐看似用料简单，但做起来却要下一番功夫。越简单的越要用心做，才能担起这响当当的名号。

一位做麻婆豆腐的厨师告诉我，做一锅地道的麻婆豆腐，必须要有一种心境。以麻婆豆腐中的辣来说，它绝非时下江湖菜的那种霸道猛辣，而是在豆瓣酱的辣、辣椒的辣、老姜的辣、大蒜的辣中寻得一种微妙的平衡，然后把这些不同的辣味巧妙地调和在一起，达到辣而不燥、辣中有香，辣有尽而味无穷的境界，如此凸显出辣的真谛。

古人曾说，治大国如烹小鲜，也就是说，烹制一道佳肴，着实需要几分治国的精细。

叫花鸡

每座城市都会给前来的游客留下特别的美食印象。叫花鸡就是我在杭州工作生活期间的美好美食记忆。

叫花鸡，又名叫化鸡、富贵鸡，传说是江苏常熟虞山的一个乞丐发明的。一天，一个饥饿难耐的乞丐偶得一只鸡，在没有炊具、没有调料的情况下，它将鸡处理好后包裹黄泥，在火中烤熟，意外收获了美味。因为最初是乞丐（叫花子）所制，便称之为"叫花鸡"。叫花鸡制作方法古朴，鲜嫩酥软，油润入味，荷香四溢。

关于叫花鸡名字的由来，在杭州还流传着这样一个版本。当年，乾隆皇帝到江南微服出访，品尝到了叫花鸡。乾隆皇帝觉得非常好吃，便询问其名，酒店老板不敢说叫"叫花鸡"，怕激怒皇帝，便改名为"富贵鸡"。乾隆皇帝连声称赞"富贵鸡"好吃。于是，这道名字不雅的"叫花鸡"有了另一个名字——富贵鸡。从此，"富贵鸡"便传到了京城。后来，"叫花鸡"广为流传，经过不断改良，这道菜的味道更加鲜美。如今，叫花鸡和东坡肉、龙井虾仁、西湖醋鱼并称杭州四大名菜，并列入杭州非物质文化遗产名录。

人们最熟悉的叫花鸡的故事出自金庸《射雕英雄传》。金庸在《射雕英雄传》中写道：

> 黄蓉用峨眉钢刺剖了公鸡肚子，将内脏洗剥干净，却不拔毛，用水和了一团泥裹住鸡，生火烤了起

来。烤了一会，泥中透出甜香，待得湿泥干透，剥去干泥，鸡毛随泥而落，鸡肉白嫩，浓香扑鼻。她正准备吃的时候，被一个突然窜出来的老叫花子抢走了。这个叫花子名叫洪七公，他在初尝叫花鸡的时候一面吃，一面不住赞美："妙极，妙极，连我叫花祖宗，也整不出这般了不起的叫花鸡。"片刻间吃得只剩几根鸡骨头。

金庸先生是浙江海宁人，定居香港，但始终喜欢家乡味道，"天香楼"的杭州菜是他的最爱。他每次去都要点富贵鸡、龙井虾仁、西湖醋鱼、东坡肉、鸭舌、马兰头、酱鸭、烟熏黄鱼、云吞鸭汤。

叫花鸡的做法并不难，选用有地方特色的越鸡、绍酒、西湖荷叶和各种调味品烤制而成。

先将鸡处理干净，在鸡腹中填满调料，然后用荷叶包好，外边裹上一层用绍兴酒、盐水调和的酒坛泥，放在文火中煨烤3~4小时。然后将整个泥团拿到餐桌上，当着食客的面拆开。一股混合了肉香、荷叶香、酒香的独特气味扑鼻而来，香气浓郁，肉质鲜嫩，而且入口酥烂，十分诱人。

2020年5月，我与朋友相约在杭州知味观聚餐，特意点了一只叫花鸡。

"知味停车，闻香下马。欲知我味，观料便知。"这是描写中华老字号杭州知味观的，其由孙翼斋先生于1913年创建。

据知味观的厨师介绍，早期做叫花鸡，先要把鸡腌好，用毛笋壳、荷叶、黄泥包裹涂好，放在炭火中烧烤，其间鸡肉不能翻动，泥烧开得随时补上，因此，一个厨师一天只能烤两三只叫花鸡。

刚出炉的叫花鸡色泽枣红明亮，芳香扑鼻，皮酥肉嫩，风味独特。如今，很多酒楼都用锡箔纸将鸡包住放进烤箱烹制，1小时出炉，但很难品尝出正宗"叫花鸡"的味道。

酒兴正浓，叫花鸡上桌，在厨师的帮助下去掉泥壳，金黄油亮的鸡肉便展现在人们面前，香气四溢。

　　朋友给我夹了一只鸡腿，一口咬下去，皮骨头分离，酥烂软嫩，黄酒的香气在口腔中蔓延，果真是名不虚传。

　　叫花鸡被荷叶和泥土包裹，炙烤时温度通过泥土传递，鸡肉中渗入荷叶的香味，且其自身的鲜味没有流失，鸡肉很嫩，入口即化。

　　仔细想来，非物质文化遗产之所以宝贵，皆因其精雕细琢的工匠精神，因此弥足珍贵。

内蒙古全羊宴

一提到内蒙古,大家首先想到的就是蓝天白云、一望无际的大草原及成群的牛马羊。来到内蒙古呼伦贝尔,让人忍不住沉浸于塞上草原风情,一步一景,美不胜收。到了内蒙古才知道,这里不仅能饱眼福,而且能饱口福。

内蒙古盛产牛羊肉,是我国三大牛羊肉核心产区之一。草原羊肉用来涮火锅、烤羊肉串、做馅等都很好吃。

内蒙古的特色美食以牛羊肉为主,如烤全羊、手把羊肉、牛肉干、烤羊腿、羊肉串、涮羊肉、葱爆羊肉、酱牛肉、水煮牛排等,当然,最具特色的就是烤全羊。

内蒙古人从小吃羊肉,羊肉是蒙古餐桌的常客。内蒙古人非常好客,走进蒙古包,里面的装饰陈列、餐具器皿,一点一滴都显示了蒙古人的热情奔放,令人印象深刻。下面我就带你一起到位于内蒙古自治区东北部的呼伦贝尔大草原品尝内蒙古的全羊宴。

全羊宴上都是蒙古族的传统菜,是为招待贵宾或举行重大庆典特别制作的。所以,在蒙古族的传统宴会中,礼献全羊宴是款待贵宾的传统礼仪和最高礼遇!

按照主人的安排,我们围桌而坐,一只金黄油亮的烤全羊被抬上餐桌,经过数小时的烘烤,远远就能闻到烤羊肉的香气。

餐桌的主角当然非这只烤全羊莫属。烤全羊是蒙古族宴席上最讲究的一道传统名菜,有"蒙餐之尊"的美誉。

烤全羊用的都是内蒙古大草原的羊,其吃的是绿色无污染的牧草。制作烤全羊要求十分严格,要选用 1 ～ 2 年的内蒙古白色大头羯羊,经过宰杀、烫皮、煺毛、腌渍、调味,挂入专用烤炉,用炭火慢慢烤熟。烤的过程中还要刷上秘制的调料,将外皮烤得又焦又脆。

寻味人间

烤全羊由店老板亲自烤制，他对火候拿捏得非常到位。从翻转、给肉切口到撒料，一气呵成，手法看似粗犷，但粗中有细，也是一项技术。

烤全羊以炭火烤制才能将羊肉的香味烤出来。羊肉上的油汁滴到炭上便会蹿起火苗，到处弥漫着诱人的香气。正所谓眼未见其物，香味已扑鼻。

约烤 3 小时，一只身穿"黄金甲"的烤全羊就出炉了。刚出炉的烤全羊还吱吱作响。厨师将其放在特制的餐车上，羊头上系着红绸，羊嘴里叼着几根香菜，然后主人用蒙古刀将羊肉分成小块，供宾客食用。

烤全羊一上桌，香气四溢，掌声四起，这时会有人分别用蒙语和汉语高吟烤全羊献词，并介绍烤全羊的来历，以庄重的仪式

烤全羊

表达主人的热诚。

接下来会邀请宾客中德高望重的一位代表感谢主人的盛情款待。热情的内蒙古人唱起《蒙古族迎宾曲》，朗诵祝酒词，祝福客人吉祥如意、祥和美满。

紧接着，一位双手捧着洁白的哈达的蒙古族姑娘唱着祝酒歌，用银碗向客人敬酒，她用无名指蘸酒弹酹，举杯祝词，一饮而尽。

敬酒喝酒是很讲究礼仪的，接酒时要以左手捧杯，用右手的无名指蘸一滴酒弹向人的头部上方，表示祭天；第二滴酒弹向地，表示祭地；第三滴酒弹向额头，表示祭祖先，然后将酒一饮而尽。

哈达作为蒙古族和藏族的礼仪用品，在向客人敬酒时会用到。蒙古族和藏族表示敬意和祝贺的哈达多为白色、蓝色和黄色。藏族的哈达以白色为主，白色象征着纯洁、美好、吉祥、善良。蒙古族的哈达多为蓝色，因为蓝色是天空的色彩，象征着永恒、兴旺、坚贞和忠诚，内蒙古人也特别喜欢穿蓝色的袍子，生活中的装饰图案也多选用蓝色。整个宴会仪式充满了热烈、隆重、轻松、愉悦、祥和的氛围。

吃烤全羊也很有讲究，上席时将整羊平放在一大木盘中，请餐桌上最尊贵的客人用刀在羊头正上方划一个"十"字，随后便可现场改刀，切好后按照羊体结构顺序摆好。主人先用刀将羊头皮分成小块，首先献给席上最尊贵的客人或长者，然后把羊的背脊完整地割下来，在羊背上划一刀，再从两侧割下一小块一小块的肉送给客人。最后请客人自己用刀切割，吃的时候可以根据自己的口味蘸取调味料。

烤全羊

接下来，我们就拿起刀具，尽情享用散发着内蒙古草原气息的烤全羊了。整只烤全羊色泽红亮，外皮焦脆，肉质细嫩，脂肪分布均匀、不膻不肥腻，油滋滋的酥皮和鲜嫩的羊肉在口腔中迸发出美味协奏曲。

烤全羊每个部位的口感不一样，羊背肉厚实劲道，羊排香肥软嫩，羊腿肉紧致焦香，每口都是新鲜感。

羊皮烤得极其香脆，轻薄透光，浓香的皮脂油浸入羊肉，皮脆肉滑。羊肉入口毫无膻味，又香又嫩，尤其是烤出酥皮的骨头，香脆入味，轻轻一抖，骨头就会自动脱离羊肉，撬开骨头还能吸到骨髓。

第二道菜是烤羊排。上菜的方式也很特别，每桌配有一个烤炉，底下放置了炭火，这样羊排在餐桌上也能继续翻烤，宾客自己边切边吃。如果你不想自己烤的话，可以把烤好的羊排切成小块再送上来。

羊排外酥里嫩，金黄喷香，连皮带肉用刀切下，皮的酥脆、肉的韧性、料的点缀都在这块羊排上得到了完美体现。把肉片下来，边吃边烤的过程十分惬意。

既然是全羊宴，烤羊肉串也是餐桌的主角。烤羊肉串是内蒙

烤羊排

　　　　　　　　　　　　　　　　寻味人间

古的特色小吃。据古书记载，烤羊肉串在中国已有 1800 多年的历史。厨师麻利地将大块羊肉切成小块，然后串成串，全程行云流水，宾客还可以参与烤制。烤羊肉串秉承"二瘦一肥"的原则，这样才好吃。

将手工串的羊肉串放在炭火上烤，肉的颜色由浅变深，冒出丝丝油烟，翻烤时发出的吱吱的响声。

我们吃的是一次性竹签串的肉串，肉块大，肥瘦相间，吃起来很筋道。

烤羊肉串

手把羊肉

热情粗犷的内蒙古人与那鲜美的羊肉串给我留下了深刻的记忆。

接下来介绍的是手把肉。手把羊肉是内蒙古的特色菜肴，由新鲜羊肉煮制而成，因羊肉煮制时都是切成大块下锅，食用时要用手撕成小块而得名，极具民族特色，手把羊肉吃起来软烂香嫩，不腻不膻，风味独特。

为了保持其原汁原味，吃手把羊肉时只需配具有内蒙古特色的"沙葱花酱"。因为是现杀、现煮、现吃，所以羊肉吃起来非常鲜嫩。在我吃过的所有羊肉中，内蒙古的手把羊肉最好吃。

在吃手把羊肉时有些礼节是需要注意的：拒绝吃肉是不礼貌

的，会被认为是对主人有不满。大口吃肉、大碗喝酒是忠于友谊的象征，是对主人最好的尊重。

吃羊肉喝羊杂汤（当地称"羊杂碎"）堪称绝配。羊杂汤是用羊头、羊蹄、羊内脏为主料，加辅料煮制的，配上白焙子（蒙古面点）、香菜食用。炖羊杂汤的羊都是大草原上放养的羊，而且是现杀现炖，从宰杀到上桌只要1小时，唯一的调味料就是盐，所以吃到嘴里是原汁原味的。

内蒙古的羊杂汤与其他地方的不一样，其汤汁白，浓而不腻，汤香味浓，肉质鲜嫩无膻味，口感筋道，咀嚼起来仿佛在舌尖跳

羊杂汤

舞。寒冬腊月，喝一碗热气腾腾的羊杂汤，配上个蒙古烧饼，简直是从嘴里暖到了胃里。

奶制品也是内蒙古餐桌上不可或缺的。蒙古包外炉火上翻滚的奶茶飘着阵阵香气。

主人在每位宾客面前放了一个小茶盘，茶盘中放有盐、糖、炒米和奶豆腐。热情的主人将一碗奶茶献上，我们可以根据各人口味添加盐或糖，炒米要放到奶茶中一起食用，奶豆腐则可以蘸白糖吃，奶茶浓稠适中，奶味浓香柔和，并且可以无限畅饮。

在内蒙古喝奶茶很有讲究，不可一次喝尽，每次要有剩余，以示主人可以不断添加。喝完最后一碗奶茶，客人施礼道谢，主人则要出帐送行，"奶茶敬客"之礼也到此结束。

走进美丽的内蒙古大草原，沁人心脾的自然气息，斑斓多彩的自然风光让人流连忘返，特有美食，不论是烤全羊、烤羊肉串、羊杂汤，还是奶茶，都是纯正的内蒙古味道，令人难忘。

寻味人间

金华火腿

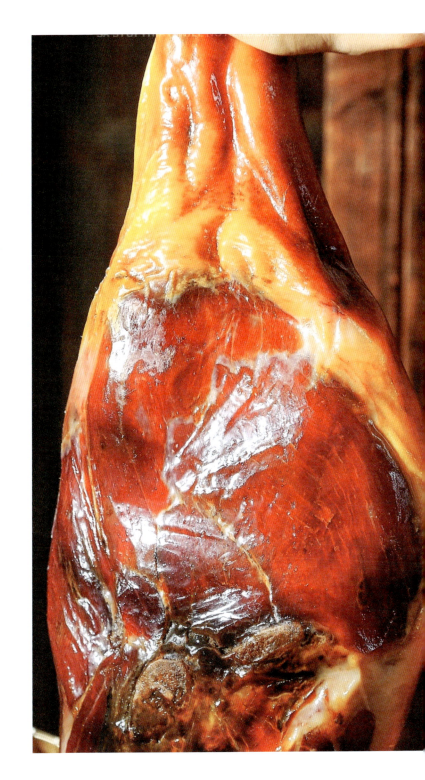

金华火腿又称"火膧"，是浙江金华的传统美食。其形似琵琶，皮薄爪细，皮色黄亮，色红似火，香气浓郁，风味独特，以"色香味形"四绝闻名于世，又有"中华南腿"之称。

金华火腿含有丰富的蛋白质、脂肪、维生素和矿物质，有养胃生津、固骨髓、健足力、愈创口等作用。火腿的制作过程要经冬历夏，发酵分解后的营养成分更易被人体吸收。其腌制技艺是制作金华火腿的关键，金华火腿于2008年入选第二批"国家级非物质文化遗产"名录，受到了食客的疯狂追捧。

金华火腿历史悠久，发明于宋代，最早出现火腿二字是在北宋年间，苏东坡在他的《格物粗谈·饮食》中明确记载了火腿做法："火腿用猪胰二个同煮，油尽去。藏火腿于谷内，数十年不油，一云谷糠。"

民间传说，金华火腿及其腌制技艺与宋代抗金名将宗泽有关。宗泽是浙江金华义乌人，一次，他将家乡腌制的猪腿进献给宋钦宗，咸猪腿色、香、味俱佳，因其色泽鲜红如火，宋钦宗便赐名"火腿"，从此火腿成了贡品。

历代文人针对这一美味也有诗作吟咏，南宋诗人杨万里就有诗句"霜刀削下黄水精，月斧斫出红松明"，盛赞金华火腿的色、香、味。

明末清初的文学家张岱还特意以金华火腿为题创作了一首诗《浦江火肉·金华》：

> 至味惟猪肉，金华早得名。
>
> 珊瑚同肉软，琥珀并脂明。

金华火腿

味在淡中取，香从烟里生。

腥膻气味尽，堪配雪芽清。

这首五言律诗是张岱为赞美金华火腿而作，全诗将火腿的特点描绘得淋漓尽致。诗中的"浦江"是金华一属地，"火肉"即火腿。诗句中"至味"一词凸显了火腿味道的精妙。

孔子云："食不厌精，脍不厌细。"张岱继承并发扬了中国传统饮食文化，将饮食艺术发挥到了极致。

浙江金华生产火腿的企业众多，但正宗的金华火腿产量却很少。

2016 年，我去金华采访，有幸品尝了地道的清蒸金华火腿，说实话，我吃过很多出自浙江金华的火腿，但是第一次在原产地吃正宗的金华火腿。

清蒸金华火腿

　　清蒸金华火腿上桌，可见它肌红脂白，油光发亮，肉色红润饱满，香气浓郁醇厚，肥肉晶莹透亮，不腻口，味道鲜美，每一片都是传统工艺、匠人手造，每一片都是时间的馈赠。

　　饭后，我还向酒店的厨师请教了清蒸金华火腿的要领。厨师告诉我，火腿清蒸的时间与其切片厚度、所用容器有很大关系。如果火腿切片较薄，用普通蒸锅蒸 20 分钟左右就可以了。如果切片较厚，蒸的时间要更长一些，一般需要 30 分钟左右。但如果用的是密闭性较好的高压锅蒸，所需时间会变短，一般蒸 15 分钟左右即可。具体可以通过金华火腿的状态来判断，待肉变得透明，香气扑鼻，此时就蒸好了。

　　据了解，金华火腿的腌制工艺很复杂，大体上可分为低温腌制、中温脱水和高温发酵 3 个阶段。金华火腿选材严格，须选用产于浙江金衢盆地的"两头乌"的后腿。"两头乌"即金华本地的土猪，又称金华猪。其体型中等，全身皮毛中间白，头、臀和尾呈黑色。制作火腿的腿胚要皮薄爪细，腿形饱满，瘦肉多肥膘少，肉质鲜嫩，以5~7斤[①]的新鲜后腿最佳。精选的"两头乌"后腿要经过整理、削骨、开面和修理腿毛等修胚处理，之后便可进行腌制。腌制方法也比较多，包括干腌堆叠法、干擦法和湿擦法等。上盐是腌制过程中的重要一环，腿胚前后需6次用盐。上盐后，腿胚还要经过浸腿、洗腿、整形、日晒和定型等处理，然后进入发酵阶段。

发酵是火腿腌制的关键，要先将腿胚放在蜈蚣架（发酵架）上进行自然发酵，其间火腿要面对着窗户，腿胚之间留有一定的空隙，不能直接接触。正常情况下，腿胚上架发酵20~30天，表面开始长绿色霉菌，被称为"油花"。如果霉菌以白霉为主，则被称为"水花"，表明火腿水分含量过高、盐含量不足。相反，如果腿胚的盐含量过高，其表面就不会长霉菌，无法产生香味，俗称"盐花"。发酵过程中要保持通风，并按照前期低，后期高的要求控制温度。发酵室的温度和湿度一般通过开关门窗来调节。

以传统工艺制作金华火腿，前后经过80多道工序，历时近10个月，其中，上架前就需要连续1周以上的"晒制"，这样可以使火腿形状更好、色泽更美、肉质更细腻、味道更佳。

金华火腿鲜美醇厚，不同的部位适合不同的做法。一条完整的金华火腿分为火爪、火踵（火蹄）、上方、中方和滴油。上方是火腿肉质最好的部位，其肉质细腻、盐分适中，适合单独制菜，如蜜汁火方。中方是仅次于上方的部位，骨头较多，一般剔骨切

---

① 斤：市制质量单位，1斤 =0.5 千克。

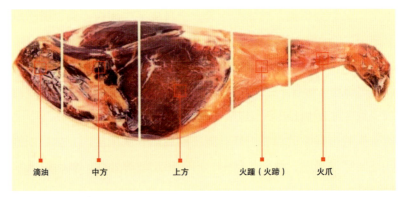

滴油　　　中方　　　　上方　　　火�（火蹄）　　火爪

金华火腿不同的部位名称

片后与猴头菇、海参、蹄筋等一起炒、蒸、炖、煮，因为这些食材自身的味道比较淡，与火腿搭配相得益彰。火腿富含油脂的部位叫"滴油"，其肥肉较多，适合用来煲汤。上方和中方吃的是肉质，滴油拼的是火功。

　　金华火腿的品质分级采用的是"三签香"的方式，将经过特殊处理的竹签插入火腿的膝关节（琵琶头）、髋关节（腰峰）和髋骨中部，又叫"打签"，每戳一段抽出来都要闻下气味，如果"三签"都芳香扑鼻，味道一致且毫无异味即为上等火腿。

　　湖北人吃腊肉的时候喜欢小炒，其实炒金华火腿也是一种不错的选择。和腊肉一样，火腿中的盐分很高，在炒食前需要先用温水浸泡，反复刷洗干净后切片再炒。

　　现在的火腿生产车间都引进了现代化生产设备，产量大大增加。同时，在继承的基础上，对传统腌制工艺进行了改良。例如，在上盐的过程中，通过控制温度和湿度，在确保腿胚吸收适量的盐的同时，确保吃起来健康。但不管如何改良，金华火腿腌制的

寻味人间

核心工艺并没有改变。如今，金华人依然钟情以传统技艺制作的金华火腿。对他们来说，金华火腿散发着一种独特的味道，一种刻骨的乡情。

大闸蟹

"秋风起，蟹脚痒；菊花开，闻蟹来。"对于食客来说，秋季餐桌上最诱人的莫过于肥美的阳澄湖大闸蟹。秋季的螃蟹黄多油满，最是肥美，而阳澄湖的大闸蟹更有"蟹中之王"的美誉。

　　大闸蟹是河蟹的一种，学名中华绒螯蟹，其中以苏州阳澄湖大闸蟹最具代表性。阳澄湖大闸蟹又名金爪蟹，产自苏州阳澄湖。阳澄湖大闸蟹有四大特征：一是青背，阳澄湖大闸蟹的壳呈青灰色，平滑而有光泽；二是白肚，蟹贴泥的脐腹晶莹洁白；三是黄毛，蟹脚毛长、黄、挺拔；四是金爪，阳澄湖大闸蟹爪金黄坚挺有力，放在玻璃上八足挺立，双螯腾空。阳澄湖大闸蟹身不沾泥，俗称清水大闸蟹，古往今来，一直是食客口中的"人间至味"。尤其是金色的蟹黄、雪白细嫩的蟹肉、凝脂似的蟹膏，在众多大闸蟹中出类拔萃。

　　阳澄湖大闸蟹的美味脍炙人口，作为一种饮食文化，渗透人们的日常生活。多年来，民间流传着许多关于螃蟹的故事。约4000年前，尧帝委派大禹治水，有一位名叫巴解的官吏负责在阳澄湖一带治水，他遵循大禹的主张，疏通河道，开渠排水，依靠民众，辛劳十余载，把洪水引入东洋大海，随即露出了大片耕地，农民种上了庄稼。随着水域面积的缩小，陆地面积的扩大，大批原来生活在水中的"八脚大虫"纷纷爬上陆地取食，尤其到了每年九十月庄稼成熟之时，它们像蝗虫一样在农田里横行。当地的农民试图捉住或赶走它们，反而为这些壮实的"大虫"所伤。它们的脚刺破了人们的皮肤，两只大螯死死夹住人不放。人们对此无可奈何。巴解看到人民苦不堪言，忧心忡忡。为了拯救生活在水深火热中的人民，他日思夜想，终于想出了一个"捕食大虫，以济灾民"的办法。他敢为天下先，亲自捕捉，亲口品尝，意外地发现它"不仅肉质丰肥，而且口味鲜美"。

当地的百姓看了纷纷效仿。那"大虫"不仅可以充饥，还很好吃。

一次，大禹巡视十二州，来到阳澄湖地区，看到巴解将白茫茫的湖泽水乡治理成片片绿洲，并且将"八脚大虫"变害为宝，成为人见人爱的美味佳肴，大为赞赏。于是，大禹封巴解为王，食邑于此。

后人为了纪念这位英雄，就在阳澄湖东北角巴解第一次吃蟹

的地方筑城，取名巴城，并用其名"解"字，取"八脚大虫"被镇伏之意，为大虫取名蟹。

在阳澄湖，人们将大闸蟹分为3类：湖蟹、塘蟹和外地蟹，品质最好的是在阳澄湖里养足6个月的湖蟹，也就是所谓的"正宗大闸蟹"。

阳澄湖大闸蟹素有"九雌十雄"之说。意思是农历九月的雌蟹和十月的雄蟹性腺发育最佳，九月吃雌蟹，蟹黄饱满；十月吃雄蟹，蟹膏丰腴。"九雌十雄"彰显了人们的吃蟹智慧。

2020年10月，我和朋友驾车从杭州来到苏州阳澄湖，有幸品尝到正宗的阳澄湖大闸蟹。朋友说，眼下正是吃大闸蟹的最佳时期，错过这一季，又要等一年。

俗话说："无蟹不成席。"苏州的朋友把我们带到阳澄湖边的一家酒楼，这里烹制的大闸蟹都是从湖里现捕的，按照公母大小，逐一过秤，精挑细选，然后放在网箱里养着，根据食客的需要，现捞现做。我们一行五人共点了15只雌蟹和15只雄蟹，每只约3两①重。为了最大限度保留大闸蟹鲜美的味道，我们选了清蒸法。

吃大闸蟹非常讲究吃相和技巧。五花大绑的大闸蟹蒸熟后变成了橘红色，非常诱人。给大闸蟹松绑后就可以吃了。

朋友一边提醒大家"雌蟹吃蟹黄，雄蟹吃蟹膏"，一边介绍吃蟹的8件工具（蟹八件）的使用方法，还进行了示范。蟹八件包括小方桌、腰圆锤、长柄斧、长柄叉、圆头剪、钎子、镊子、小匙，分别对应垫、敲、劈、叉、剪、夹、剔、盛等功能。

---

① 两：东亚传统质量单位，1两=50克。

　　　　　　　　　　　　　　　　　　　　　　寻味人间

大闸蟹端上桌，热情的老板将蟹放在小方桌上，用圆头剪剪下蟹的大螯和蟹脚，用腰圆锤对着蟹壳四周轻轻敲打一遍，再用长柄斧劈开蟹的背壳和肚脐，之后用钎、镊、叉、锤或剔、或夹、或叉、或敲，每件工具轮番上阵，熟练地处理大闸蟹的各个部位，方便大家食用，且很有仪式感。

古人把食蟹、饮酒、赋诗、赏菊作为金秋时节的快意之事，而喝得最多的就是黄酒。

吃大闸蟹与喝黄酒是苏州的标配。一边吃蟹肉，一边畅饮绍兴黄酒，非常惬意。据朋友介绍，之所以在吃螃蟹时喝黄酒，一是为了去腥，二是为了散寒，三是为了杀菌。

我们都知道螃蟹属于寒性食物，胃肠虚寒的人吃螃蟹后常会出现腹痛、腹泻的情况，如果配上活血祛寒的黄酒，则可以减轻或消除吃螃蟹后的不适感，在吃螃蟹时，将酒烫热饮用，更能起到驱寒的效果。此外，黄酒中丰富的氨基酸和酯类物质可以提升蟹肉的鲜味。

除了黄酒，吃螃蟹的时候也可以配一些白酒、红葡萄酒，红葡萄酒甘甜，能中和烹制螃蟹的调味料的味道，又不失螃蟹的本味。

朋友提醒"死螃蟹是不能吃的"。他还介绍了辨别螃蟹煮前是死是活的方法。他解开大闸蟹身上的绳子，拉扯着螃蟹的爪子道：只有活着下锅的螃蟹才能如此伸缩自如，如果拉扯几下蟹腿就断了，这表明螃蟹是死后下锅的，大闸蟹死后，体内的组氨酸会分解产生组胺，其对人体有害，所以死蟹是绝对不能吃的。

辨别新鲜大闸蟹的方法有很多，如在挑选大闸蟹的时候，要看大闸蟹口中是否能吐出白色泡沫，白色泡沫吐得越多说明其越新鲜。

除了死蟹不能吃，蟹胃、蟹心和蟹肺也是不能吃的。很多人爱吃蟹，但是很少有人知道吃蟹的正确方法。

吃蟹先吃钳、爪，此时蟹盖壳还没揭开，里面的热气还没有散掉，很烫。吃过钳、爪，再掀起蟹盖，享用蟹黄、蟹膏和蟹肉。

阳澄湖大闸蟹的蟹壳薄，掰开壳，雌蟹呈金黄色，雄蟹膏体如玉，蟹黄金灿饱满，蟹膏浓郁肥厚，蟹肉洁白纤细，放到嘴里，味蕾都会臣服于那四溢的蟹油、饱满的蟹黄、鲜甜的蟹肉，充盈着人的味觉。

清代文学家李渔称赞："蟹之鲜而肥，甘而腻，白似玉而黄似金，已造色香味三者之至极，更无一物可以上之。"

蟹黄

阳澄湖大闸蟹为什么好吃？因为其有五大特点：鲜、肥、大、甘、腥。

说到"腥"或许有人不解，但"腥"是大闸蟹不可或缺的原始味道。正宗的大闸蟹有一股腥香，但不是泥腥味，只有吃丰富鲜活水生物长大的大闸蟹才能有这股诱人的味道，而那些用玉米饲料养殖的大闸蟹是没有的。

何谓大闸蟹？朋友解释道：大闸蟹是苏州方言衍化来的，放在水里煮一下在苏州称"闸一下"，大闸蟹即清水煮熟的螃蟹。

酒楼老板对我说，阳澄湖大闸蟹只有两个月的品赏期，时间稍纵即逝，对于很多食客而言，无蟹不成秋，唯有及时吃蟹，才不负金秋。阳澄湖大闸蟹无论什么做法，都非常鲜美。

武昌鱼

提到武昌鱼，人们就会想到伟大领袖毛主席的著名诗句"才饮长沙水，又食武昌鱼"，这首诗使武昌鱼名扬中外，成为"中国十大名菜"之一。

武昌鱼配葱、姜、精盐等制作，色白明亮、晶莹似玉，肉质鲜嫩、清香腴美、油润爽滑、素雅绚丽，堪称鱼菜中的珍品。

但武昌鱼并非产于当今的武昌，而是产于古武昌（今鄂州市樊口镇），又名鳊鱼、团头鲂、鲂鱼、缩项。武昌鱼的特点是头小背隆，面扁背厚，身体呈菱形，腹棱仅存于腹鳍基部与水门之间，全身共有 13 根半大刺。

湖北自古有"千湖之省""鱼米之乡"的美誉，盛产各种淡水鱼。相传，古武昌也是孙权所建，当时他与刘备争夺荆州，将都城从建业（今江苏南京）迁至鄂城（今湖北鄂州），并更名武昌，意为"以武治国而昌"。

鄂州有湖北第二大湖——梁子湖，它与长江相通，水面宽阔，水质清澈，武昌鱼就产自这里。

唐朝诗人岑参有诗云："秋来倍忆武昌鱼，梦著只在巴陵道。"由此说明，武昌鱼早在唐代就已经有口碑了。

"唐宋八大家"之一的苏东坡被贬黄州（今湖北黄冈），吃了武昌鱼十分开心，便作诗《鳊鱼》：

晓日照江水，游鱼似玉瓶。

谁言解缩项，贪饵每遭烹。

杜老当年意，临流忆孟生。

吾今又悲子，辍箸涕纵横。

诗中的"缩项"指鳊鱼的鱼头和鱼身连接处似有凹陷（其实是鱼背隆起所致），看上去十分紧凑，就像缩着脖子一样。而这种缩着头的鳊鱼就是产自鄂州的武昌鱼。

用武昌鱼可以烹制数十种不同的菜肴，如清蒸武昌鱼、红烧武昌鱼、花酿武昌鱼、开屏武昌鱼、泉水武昌鱼等，其中清蒸武昌鱼最为鲜美。

1956 年，毛主席第一次在武汉横渡长江，回到东湖宾馆，厨师为他制作了一道清蒸武昌鱼，毛主席吃后赞不绝口，后来写下了《水调歌头·游泳》。

武昌鱼最佳食用期为每年的 6~10 月，此时的武昌鱼鲜美多汁，肉腴味美，含有丰富的蛋白质和维生素 D 等，营养价值极高。据《食疗本草》记载："鲂鱼，凋胃气，利五脏，和芥子酱食之，能助肺气，去胃风，消谷。作鲙食之，助脾气，令人能食，作羹膳食宜

红烧武昌鱼

人，功与鲫同，是为美食者也。"

清蒸武昌鱼和红烧武昌鱼都是湖北名菜，是湖北很多酒店的招牌菜，也是湖北人常用来款待宾客的美味佳肴。

金秋十月，你来鄂州，泛舟梁子湖上，便会看到轻舟摇曳，湖面撒网，渔火点点，号子声声，鄂州百姓的餐桌上，"清蒸武昌鱼"再次登场。如今，野生武昌鱼已经很少见了，市面上多为人工繁殖喂养的武昌鱼。

2018 年 3 月，我在鄂州武昌鱼大酒店品尝过一次地道的清蒸开屏武昌鱼。

开屏武昌鱼是以鲜活的武昌鱼为主料，配上冬菇、冬笋，用鸡清汤调味而成，色泽鲜亮，鱼肉细嫩，清香扑鼻。做好后的武昌鱼很像开屏的孔雀，端上餐桌可谓艳丽夺目，与其说是一道菜，不如说是一件技艺精湛的工艺品，令人叹为观止，鱼肉肥美细腻、白嫩柔软，汤汁鲜浓清香、口感顺滑。

开屏武昌鱼造型优美，生动逼真，做起来不难，难的是在改刀时要切得均匀，鱼肉要先进行腌制，然后放蒸锅中蒸 8 分钟，起锅后将小米椒放在鱼肉上，撒上少许葱花，淋上一勺热油，这样做的鱼肉吃起来新鲜，口感也好。

寻味人间

清蒸开屏武昌鱼

  2020 年，我路过武汉，朋友请我到武汉方掌柜武昌鱼馆品尝了泉水武昌鱼，其别具一格的烹制方法和独特的风味给我留下了深刻的印象。

  泉水武昌鱼的烹制特点是现杀现做，再配上秘制酱料和醋，现场浇汁，先喝汤再吃鱼肉，鱼的肉质细腻、入口即化，汤鲜味美，鲜中带甘，比清蒸武昌鱼味道更鲜美。

美食因文化沉淀而令人感动。一道美食，其在选材上花了多少心思，烹饪过程中有几分专注，品尝者都可以用心获知，与其说这是一次味觉与食物的物理碰撞，不如说是品尝者与美食匠人

泉水武昌鱼

寻味人间

的一次心灵交流。

　　武昌鱼具有鄂菜的精髓，不只因为味道，更因其文化传承，这种传承既有手艺也有文化，从繁复中传承经典。

　　在快餐时代，坚持打造匠心菜品，认真反复打磨烹饪技艺，成就一盘好菜，这就是工匠精神。

　　当那些幼滑的、鲜甜的、嫩香的鱼肉进入口腔，会有一丝幸福的感觉从口腔蔓延到全身。如果你到湖北来，一定要品尝一下武昌鱼。

狮子头

"狮子头"是江苏扬州的传统名菜，属淮扬菜系，已有1400多年的历史，其口感松软，肥而不腻，营养丰富。

"狮子头"得以流传千百年的秘诀在于其始终保持传统的烹调方法和基本格调，并不断适应和改变。

扬州狮子头有清炖、清蒸、红烧3种烹调方法。最常见的是清炖，吃起来肥而不腻，入口即化。

这道菜之所以被称为"狮子头"，是因为其形态丰满，犹如雄狮之头。扬州狮子头无论是选料还是制作，都将淮扬菜的精致和细腻展现得淋漓尽致。

扬州人称"狮子头"为"大斩肉"，北方人则称之为"大肉丸子"或"四喜丸子"。

相传，隋炀帝乘龙舟巡游江都，欣赏美景，对象牙林、金钱墩、万松山、葵花岗四大名景十分喜欢。回到行宫便吩咐御厨以这四景为题烹制四道菜。御厨费尽心思，做出了金钱虾饼、松鼠桂鱼、象牙鸡条、葵花斩肉4道菜。隋炀帝品尝后十分高兴，于是赐宴群臣，一时淮扬菜闻名朝野。

到了唐代，随着经济的发展，官宦权贵也更加讲究"食不厌精，脍不厌细"。一次，郇国公韦陟宴请宾客，府中的名厨便做了这4道名菜，并伴以山珍海味、水陆奇珍，令座中宾客叹为观止。

当"葵花斩肉"这道菜端上来时，只见由巨大的肉团做成的葵花心精美绝伦，如雄狮之头。宾客趁机劝酒道："郇国公半生戎马，战功彪炳，应佩狮子帅印。"韦陟高兴地举起酒杯一饮而尽，说道："为纪念今日盛会，'葵花斩肉'不如改名'狮子头'。"众人一听，异口同声："甚好！"从此，葵花斩肉就以狮子头的名字流传了下来。

　　　　　　　　　　　寻味人间

也许有人会说，这"狮子头"不就是个大肉丸子吗？为什么能成为中国顶级名菜？

大家有所不知，"狮子头"看上去制作简单，其实制作它所用的食材和刀法都非常讲究，首先选用去皮的五花肉（靠近肋条的部位最好），洗净后将肥肉与瘦肉分开，取肋排之上的硬五花（四分肥六分瘦），其层次多样、红白分明、肥瘦搭配，以使狮子头达

狮子头

到肉香鲜嫩的效果。

　　然后将肥肉、瘦肉用平刀法切片，再用直刀法切成极小的肉丁，所谓粗切成丝，细切成丁，肉丁呈石榴粒大小，搅拌均匀。

　　制作"狮子头"时，刀工要做到"一刀不剁，琐碎切之"。这样做的好处是保持肉质肌理，使组织尚存，最大程度保持其口感鲜嫩，还能丰富口感层次，这种口感结构是肉泥丸子无法达到的。

　　此外，狮子头的上劲和下锅也很有讲究，因为肉是一刀一刀切出来的，没有黏性，要想让这堆"不团结"的肉粒紧紧抱在一起，还要拿出绝活。在肉中加好调味料及高汤，用手揉成一个个肉圆，再摔打数次，让狮子头定型。

寻味人间

狮子头的烹制极重火功，要用微火焖40分钟，汤面始终呈似开非开的状态（火大了就变成肉粒汤了）。用微火焖制的狮子头肥而不腻、入口即化。

高汤是狮子头的灵魂，其是由猪腿骨、老母鸡、老鹅、火腿等食材文火8小时煨出来的。骨为汤底、鸡为清鲜、鹅为浓香，三者皆为高汤的灵魂，且味型有别，自然鲜香有层次。一碗合格的狮子头既要肉香醇厚，又要清鲜怡人。

狮子头是我每次到扬州必点的美食。酒店把狮子头盛在小碗里，仔细摇一摇再放在桌子上，这时你会发现狮子头在碗中轻轻地抖动，恰如狮头甩水一般。

吃狮子头要用细瓷汤匙，不能用筷子，因为筷子容易把狮子头弄散。正确的食用方法是用汤匙剜一小块放到舌尖上，用舌头向上颚顶，一抿即化，无筋无渣，肥而不腻，鲜美的味道在嘴里晕染开来，吃完口齿留香，这种鲜味的停留就是美食家所说的"挂口"，感受非常特别。

西湖醋鱼

西湖醋鱼是浙江"十大经典名菜"之一，很多来杭州旅游的人都会点这道菜。西湖醋鱼是糖醋鱼的一种，它色泽红亮、肉质鲜嫩、酸甜清香、口感软嫩、肉滑细腻、入口即化，既有鱼肉的鲜美，又有酸甜的口感。

西湖醋鱼又叫"宋嫂鱼"，通常选草鱼烹制，鱼煮熟后浇上一层平滑油亮的糖醋汁，胸鳍竖起，造型别致。

西湖醋鱼始制于南宋高宗时期，到清代末期，以杭州楼外楼菜馆烹制的最有名，至今仍是楼外楼菜馆的招牌菜。

清代诗人方恒泰在《西湖》中这样描写西湖醋鱼：小泊湖边五柳居，当筵举网得鲜鱼。味酸最爱银刀脍，河鲤河纺总不如。

说起西湖醋鱼的由来也很有意思，它源于"叔嫂传珍"的典故，是由典故中的宋嫂发明的。

宋嫂原是西湖边的渔家姑娘，丈夫宋五哥死后，与小叔一起以捕鱼为业。小叔身体弱，加之长年劳累患了病。宋嫂见他没有食欲，便给他烧鱼吃，每次烧鱼都用渔家常用的方法。有一次，她为增进小叔的食欲，便买了糖、打了醋，做出一种酸甜口味的鱼。小叔吃了觉得鲜嫩可口，胃口大开，食欲大增。宋嫂见他喜欢吃，又经过改进，以西湖藕粉配上糖、醋、酒、葱、姜等调料调汁，将鱼过油后浇汁，味道越来越好。

小叔身体康复后，便和宋嫂在西湖边开了一家小餐馆卖起醋鱼来。由于他们的菜货真价实，又有独创的"西湖醋鱼"这道特色菜，生意非常红火，最后他们过上了富足的生活。

一天，苏东坡来游西湖，闻到了醋鱼的香味，便到宋嫂的餐馆点了西湖醋鱼，他品尝后连声赞叹："好鱼，好鱼，真乃天下第一鱼。"苏东坡是个名人，更是个好吃之人，他这么一说，

寻味人间

西湖醋鱼

无形中形成了广告效应，一时间，"西湖醋鱼"名声大振，流传开来。

著名文学家梁实秋曾记载过西湖醋鱼的烹饪方法："选用西湖草鱼，鱼长不过尺，重不逾半斤，宰割收拾过后沃以沸汤，熟即起锅，勾芡调汁，浇在鱼上，即可上桌。"

除了有独特的口感，西湖醋鱼还有两大特色：一是鱼身上浇的糖醋汁平滑光亮，可用筷子夹起，仿佛给鱼穿上了一层透明的水晶外衣，这基于厨师娴熟的勾芡技艺。二是上桌时鱼身完整，胸鳍直立，两只鱼眼微微爆出，这种鲜活感的体现取决于"七刀半"的改刀技法：

第一刀，将鱼分两片，有龙骨（脊椎）的一片为雄片，另一片为雌片。

第二刀，将鱼的牙齿去掉，这是老杭帮菜厨师的传统技艺，现在的厨师一般直接用手掰掉鱼牙。

第三刀到第七刀，从雄片鱼鳃5厘米处开始，每隔4.5厘米斜切一刀，一共切5个牡丹花刀。运刀时，先将刀面垂直鱼身切一个小口，再使刀刃与脊骨呈45度斜向头部切。第五刀位于鱼腹鳍后、背鳍前，此刀要将鱼片斩断，分成两部分，然后在雄片后半部分切两个牡丹花刀。除了第五刀，其他均切约4厘米深，收刀时几乎能触及鱼脊骨，但不能切断鱼身。这5个花刀的作用是使西湖醋鱼煮熟后更加美观，鱼肉和鱼皮均匀收缩，切口开裂、变大且向外翻，使得鱼鳍翘起，菜形鲜活有动感。

简单地说，"七刀半"的改刀技法是从鱼头到鱼尾，刚好划上七刀半，相较于其他糖醋鱼的烈火油煎或架上清蒸，西湖醋鱼是用水煮，沸水煮熟用杭州话说是"淰"，这个字十分形象，将刚改

　　好刀的鱼投入滚水，有时鱼身浸没水中鱼鳍伸出水面，有几分振翅欲飞的模样。

　　西湖醋鱼选材精细，以一斤半到两斤的新鲜草鱼为佳，新鲜草鱼的肉质细嫩，鱼过大则肉质比较粗糙。打捞上来的草鱼不宜立即入菜，需要先在鱼池中饿养两三天，让草鱼排尽肚子里的污垢，草鱼饿养后肉质更加紧实，土腥味轻。

草鱼用清水煮更能保证肉的滑嫩，去腥也更彻底。以小火煮4分钟，切记不可煮时间过长，以保持鱼外形不碎、肉质不烂。

2019年12月，我在杭州楼外楼菜馆品尝了西湖醋鱼。其入口酸中带甜，鲜中有咸，细品有一种蟹肉般的鲜香，酸不倒牙，甜不腻口，咸不躬人，鲜不发腥，清淡适口。

据厨师介绍，烹制西湖醋鱼要把握三大要领：第一，在锅内摆好造型。草鱼入沸水，水不要没过鱼头下方的鱼鳍，锅内放清水煮沸，先下两片雄片，入锅时要保证鱼皮朝上，下锅后两片鱼要在水中拼接成原形，不要相互交叠，以免压住花刀；随后下入雌片，下锅时与雄片并排，鱼头对齐，背脊拼连，不要叠压，摆成出菜时的造型。第二，煮鱼的水不宜过多，以水沸腾时不淹没鱼的胸鳍为佳，否则鱼鳍会向下塌陷，出菜时不够挺翘，菜形不佳。下入鱼肉后应盖上锅盖，小火煮制，待锅盖周边冒出水汽，开盖撇去表面浮沫，补入少许清水，转动锅，锅转动时要保证雌片与雄片的相对位置不变。第三，出锅前上底色。煮至近3分钟时，用筷子扎一下鱼鳃下部，此处为鱼身肉最厚的地方，若能轻松扎入，则其他部位就都熟了。此时滗掉部分煮鱼的原汤，仅保留约250毫升，再取料酒50毫升、酱油20毫升浇在鱼身上，目的是给鱼上底色，保持鱼的造型，用漏勺捞起滑入盘中，并用锅内的原汤烹制糖醋汁。

西湖醋鱼的酱汁能否达到细腻透亮的标准，取决于勾芡汁调得是否均匀。酱汁中不能加油，否则口感不够鲜嫩清爽。西湖醋鱼的湖蟹味源于酱汁中加入的醋和姜末。西湖醋鱼所浇的糖醋汁要勾厚芡，否则色泽发乌，斑驳的鱼身会给人一种要散架的感觉，吃起来也比较寡淡。

出锅时把汤水、白糖、酱油、米醋、生粉、姜末烧成的料汁浇在鱼身上，撒上姜末，即可食用。

白斩鸡

白斩鸡又称白切鸡、三黄油鸡，是粤菜中的传统名菜，多作为宴席冷盘供宾客食用。

作为一道大部分中国人都知道的菜，白斩鸡始创于清代的民间，因烹制鸡肉时白煮，食用时随吃随斩，故称作白斩鸡。制作白斩鸡的食材选用广东清远的三黄鸡，又称"三黄油鸡"。此菜色泽金黄，皮脆肉嫩，味道鲜美。

白斩鸡这道菜到底是怎么来的？

据说，很久以前，广东有一位家境贫寒的读书人，为了考取功名，他经常头悬梁、锥刺股地苦读，最后高中状元。他入朝为官不久，由于为人正直，无法适应官场的规则，于是弃官回乡务农。

辞官回乡后，因他人品好，乐善好施、乐于助人，备受村民尊敬。一日，他准备杀一只鸡给怀孕的妻子补身子，然而刚把鸡肉洗净放到锅里，就听到外面有人喊："着火了！着火了！"于是夫妻二人急忙去救火。

扑灭火灾后回到家，妻子发现灶火已经灭了，但锅里的水还是热的，走的时候没来得及放调料，导致鸡肉就这样被煮熟了。妻子灵机一动，把煮熟的鸡肉切成小块蘸着调料吃，发现这种吃法味道不错，于是，夫妻俩就把这种做鸡的方法告诉了左邻右舍和亲朋好友，慢慢地，这道菜就流传开了，故而称之为白斩鸡。

后来，有人说这样吃鸡肉的营养价值很高，从而被广东人推崇，只要一提到白斩鸡，人们就会想到广东人的饮食习惯。

广东人爱吃鸡，尤其是白斩鸡，还有"无鸡不成宴"的说法。嫩、爽、滑是白斩鸡的灵魂。斩的每一刀分寸都要拿捏精准，不然会损失风味。

一道看似简单的菜，是每家粤菜馆的必备品，这令我很不解，此外，全国各地都有白斩鸡，为什么广东的更好吃？

这是因为广东人将白斩鸡的制作、摆盘、蘸料等都做到了极致。白斩鸡最了不起的地方就是会聚了众多鸡皮爱好者，很多人都爱上了这光滑晶莹的鸡皮。白斩鸡的鸡骨边渗出一层黄澄澄的鸡油，入口却没有丝毫肥腻感，冰凉的鸡肉入口还没来得及咀嚼，皮冻就化了，鸡汁和陈年白卤水将你的味蕾淹没在无尽的美味中。第一口不加任何调料，吃的是原汁原味；第二口蘸点姜蓉、葱蓉，又把鸡肉香推向了另一个层次。

蘸料也分不同流派：广州人热爱姜蓉、葱蓉，而对于湛江人来说，砂姜和花生油才是白斩鸡的完美搭配。但都会主要凸显鸡的味道，即"鸡有鸡味"。

美食达人梁一毛介绍，"鸡有鸡味"道出了广东人对食材原味的喜爱与执着。其他地区的人很难理解，为什么广东人会用"鸡有鸡味"来形容白斩鸡呢？

这要从鸡的品种说起。广东人做的白斩鸡多选清远的三黄鸡、清远鸡、湛江鸡、葵花鸡，其中最有名的当数清远鸡。

这种鸡散养在山区，喝泉水，吃杂粮和虫子，长得慢，鸡肉紧实，养100多天只长2斤，皮薄肉嫩，皮下肌肉脂肪丰厚，非常适合做白斩鸡。

比起清远鸡，粤西人更喜欢肉质饱满紧实的湛江鸡。湛江作为中国大陆唯一的热带气候区，再加上其火山岩地貌，土壤肥沃，生物多样性丰富。湛江鸡从小啄食各种虫子、果实，肉质肥美紧实。

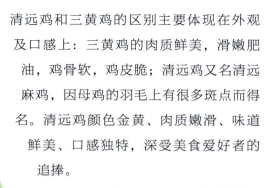

清远鸡和三黄鸡的区别主要体现在外观及口感上：三黄鸡的肉质鲜美，滑嫩肥油，鸡骨软，鸡皮脆；清远鸡又名清远麻鸡，因母鸡的羽毛上有很多斑点而得名。清远鸡颜色金黄、肉质嫩滑、味道鲜美、口感独特，深受美食爱好者的追捧。

2018年9月，我去广州采访时，在文记壹心鸡美食店品尝了一次白斩鸡。店老板冼伟文是广州名菜清平鸡的传承人。该店做的白斩鸡，在传承了清平鸡的制作工艺基础上改良了浸鸡方法，在白卤水中加入十几种香料，关键还加了鲤鱼和瑶柱，使得白卤水得以提鲜和增香，从而使煮出的鸡皮爽、肉滑、骨入味。即便生意爆棚，为了守住老味道，他仍专心致志做好一家店、一只鸡。

冼伟文介绍，店里的鸡都是选的两斤左右的清远鸡，身材偏小，但肉质鲜嫩、口感好。该店的白斩鸡最大的特色不是炖煮，而是凉水浸鸡，即整只鸡在水中煮熟后，立刻提起放入冷水浸泡，从而使肉皮变得鲜嫩有嚼劲。这是制作白斩鸡的精髓，也是鸡肉口感好的关键。浸过的白斩鸡皮滑肉嫩，再配上特制的淋汁，鸡肉更加入味，口感鲜嫩，而且有嚼劲。

这家店的刀工一流，而且摆盘考究。盘底用葱垫成立体拱形，整只鸡形态优雅，振翅欲飞。厨师的处理也很巧妙，先用菜刀拍薄，再改刀成柳叶状，除了为了美观，更重要的是软化纤维，让鸡肉口感更嫩。

菜一上桌，只看那通透的鸡皮及切面的深灰色，你就可以想象到其皮爽肉滑的口感。夹一口放进嘴里，浓郁的汤汁瞬间从鸡肉中渗出，溢满口腔，鲜味十足。那富有韧性的鸡肉伴随着咀嚼，沁出浓浓的肉香。

上海人也喜欢吃白斩鸡。在本帮菜的菜谱中，白斩鸡一直稳居经典冷菜的霸主地位。

上海的白斩鸡与广东的白斩鸡口味不同。上海的白斩鸡通常选用浦东三黄鸡，做法是慢火浸煮，一炉小火，将鸡的清鲜爽嫩滑彰显得淋漓尽致。

在上海白斩鸡老食客的心中，白斩鸡好吃的秘诀是"嫩"。烧煮时，将鸡放入沸水，拎上拎下，三起三落，目的是让鸡皮受热紧缩、快速定型。冷却后再放入沸水，加少许冷水，以文火煨熟。算准鸡肉刚熟的那一刻，将煮好的鸡拎起浸入冰水，经过冰与火的淬炼，成就了白斩鸡皮脆、肉嫩的口感。

上海人吃白斩鸡时喜欢配酱油加葱蓉、姜蓉、蒜蓉调制的蘸酱。广东的白斩鸡蘸料不用酱油，通常以热油搭配砂姜、蒜蓉制成蘸料，催出白斩鸡的那种强烈的香气。由于地理位置靠海，广东白斩鸡有时也会搭配海鲜酱，因此有一种海的味道。

全国很多地方都有白斩鸡，且很多已根据当地人的口味进行了改良。白斩鸡的原味，添加合适的配料，给这道传统美食赋予了不同的活力。

　　在这里，笔者提醒大家，白斩鸡与其他美食不同，其是蘸着调料吃，而不是与调料混合在一起后食用。如果你的口味偏重，或是初次食用白斩鸡，可能不太习惯这种吃法，但习惯后就会发现它是一道很不错的美食。

椰子鸡汤

椰子和文昌鸡是海南的两大特产，这两种食材搭配在一起造就了一道经典菜——椰子鸡汤。

椰子鸡汤的精妙之处在于椰子的清香与文昌鸡的鲜嫩完美结合，汤喝起来清甜爽口。

椰子鸡汤本是广东地区的名菜，属于粤菜系，但海南的椰子鸡汤与广东的相比在某些方面更胜一筹。广东的椰子鸡汤制作时会将椰子水直接倒到锅中成汤，味道有点甜，有些腻口。海南的椰子鸡汤制作时将椰子水按一定比例加入矿泉水，冲淡了椰子原汁中的甜味，让鸡汤的口感变得平和、爽口。

据了解，椰子鸡汤是一个广东人发明的。从前，一个广东人带着老婆到海南做生意，老婆怀孕后想喝家乡的老火靓汤，但海南没有做老火靓汤的食材和调料。于是，他突发奇想，就地取材，摘了一个椰子，买了一只文昌鸡，然后将鸡、山药、枸杞、料酒、红枣、姜片放在椰子汁里煲汤。没有想到，椰子汁煮汤这么清甜可口，椰香浓郁，妻子赞不绝口。

喝了一段时间，妻子顺利生产，奶水充足且脸色红润，神清气爽。因为椰子鸡汤具有一定的补肾健脑、补血养神、滋养肌肤的功效，后来，椰子鸡汤传到了广东，成为老少皆宜的美食。

椰汁含有丰富的维生素 B、维生素 C、钠、钾、钙、镁、氨基酸等营养物质，能够促进人体代谢，有明目、健胃、醒酒、解暑、生津止渴的功效。椰汁如水、晶莹透亮、清凉解渴，既能当饮料，又能当食材。

椰子的美食奥秘是为食客创造无限可能。无论是原生的椰汁，还是经过加工的椰子小吃，都是食客无法抵挡的诱惑。

2018 年，我在海口品尝了椰子鸡汤，令我印象深刻。我喝过很多种鸡汤，椰子鸡汤是令我难忘的一种。一碗椰味浓郁的椰子鸡汤凸显了海南美食的特色。

据《海口日报》记者李云川介绍，做椰子鸡汤的椰子都是海南本地的，鸡是海南文昌的，这种鸡的养殖要先圈养 60 天，再放养 125 天，从而保证鸡肉的鲜嫩可口。

烹制椰子鸡汤其实很简单，一只文昌鸡、一个椰子，根据个人口味取适量椰汁倒入容器备用，椰肉切成条，与鸡肉一起放到锅中煮熟即可。

　　我看着厨师将未经调制的鸡肉倒进椰子水中，汤锅沸腾，椰子和鸡肉的香气四溢，等到服务员揭开锅盖的那一刻，我的视觉和嗅觉已经完全被椰子鸡汤俘获。金黄色的鸡汤中点缀着椰肉的浅白，鸡汤的醇香和椰汁的清新交汇，彻底击溃了我最后一道理智防线。

　　我迫不及待地舀一勺品尝，鸡汤表面是一层淡淡的黄色鸡油，一勺入口，甜中带鲜，清淡却不乏香醇，椰汁的清甜和鸡肉的鲜美融为一体，相互碰撞。

　　细细品味，鲜甜的味道完全占据了上风，甜而不腻，鸡汤和椰汁的配合恰到好处。更令人称奇的是，汤里的椰香得到了较好保留，并没有因为长时间熬煮而失去本味。尝过了原汤，再将备

　　　　　　　　　　　　　　　　　　　　　寻味人间

好的配菜逐一放进鸡汤中，起锅后搭配当地的酸橘蘸料，地道又特别。

喝过椰子鸡汤，吃过鸡肉，我有颇多感受：现代人追求恬淡、养生而雅致的生活，对饮食很讲究，避开肥腻和辛辣成了当下很多人的一种饮食选择。椰子鸡汤有甜味，又不失清润口感，撩拨舌尖，舒缓肠胃，让人感受到地方美食的独特。最后我用"甜到轻奢，香至简约"这8个字概括椰子鸡汤留给我的印象。

海南省企业联合会、海南省企业家协会执行副会长冷明权感慨："海口本地人对椰子鸡汤更是情有独钟。我经常到外地出差，每次回到海口总想喝口椰子鸡汤。几个好友聚在一起，围坐在散发着香味的椰子鸡汤锅边，边吃边聊，情感也更加深厚了。"

海南人为什么爱喝椰子鸡汤呢？这是因为椰汁具有解渴去暑、生津利尿的功效。文昌鸡性平不燥，配以椰子汁、椰肉，肉香味美，风味独特。椰子鸡汤具有益气补血、清热补虚的作用，女性食用非常好。

海南人喝椰子鸡汤时会搭配椰子饭，椰子饭又名"椰子船"，是一种海南的民间美食，由海南优质糯米、天然椰肉和椰汁一同蒸制而成的。制作时，甄选椰子和糯米，以椰子肉为容器，以清甜椰子水为汤，将糯米填入椰盅，加调料煮制。装在椰子里的糯米和椰肉紧密结合、色泽淡黄、晶莹透亮，咬一口，满嘴留香。香甜软糯的米饭在唇齿间涌动，细细咀嚼，椰香浓郁，营养又美味。

剁椒鱼头

剁椒鱼头是湘菜中具有代表性的一道菜，以胖头鱼和剁椒为主料，以葱、姜、蒜等为调料，采用清蒸的烹饪方式制作而成。该菜以红色剁椒为主色，鱼头的"鲜嫩"与剁椒的"辣"融合。菜品色泽红亮、味浓、鱼肉细嫩、鲜辣适口、风味独特，不愧是湖南名菜。

据说，清代雍正年间，著名文人黄宗宪为了躲避文字狱，逃到了湖南的一个小村子，借住在农户家，农户很穷，没什么好吃的招待他。晚饭前，农户的儿子从河里捞了一条鱼回家。农妇就以鱼肉加盐煮汤，将辣椒剁碎与鱼头同蒸。黄宗宪吃后觉得非常鲜美，从此对鱼头情有独钟。文字狱过去后，黄宗宪让家里的厨师对其加以改良，就有了今天这道湖南名菜——剁椒鱼头。

做剁椒鱼头的选材很重要，鱼头要选肉厚的，以胖头鱼最佳。剁椒鱼头的烹制方法为清蒸，其中给鱼去腥至关重要，鱼头的腌制是去腥不可缺少的环节，腌的时间要长一些。

据了解，鱼头含有丰富的不饱和脂肪酸，对血液循环有利，是心血管疾病患者的好选择；鱼头富含微量元素硒，经常食用有抗衰老、美容养颜的功效，且对肿瘤有一定的防治作用。

2018年，我在长沙田趣园品尝过一次剁椒鱼头，其颜色红亮，未入口便觉其辣。夹一块鱼肉放到嘴里，顿时辣意升腾，味道鲜香，鱼肉细腻嫩滑。

会吃的湖南人吃完鱼肉，汤水用来拌米饭，这道菜充分体现了湘菜的鲜辣特点。

吃剁椒鱼头有很强的仪式感，服务员将鱼头端上来会有一个点火仪式，将一杯伏特加从鱼嘴处浇下，然后请顾客用点火器将鱼头点燃，并送上一段吉祥话，鱼肉香气四溢，经过高温炙烤的

鱼头表皮更加焦香，且充分激发了剁椒的辣味。

湘菜大师、田趣园的创始人郭建介绍，做剁椒鱼头用料十分讲究，鱼头必须要选雄鱼（胖头鱼），这种鱼头部的肉肥厚、细嫩，很适合做鱼头菜。

长沙的老彭是位美食达人，他给我透露了让剁椒鱼头更美味的秘诀：不要只用 1 种辣椒，他自己就喜欢用 5 种辣椒，即用盐腌过的美人椒、黄灯笼椒、泡椒、新鲜小米辣、剁椒，这样做出来的剁椒鱼头味道层次更丰富。

食材是美食的灵魂，只有选用新鲜的鱼头和优质的剁椒，剁椒鱼头才会更美味。

佛跳墙

佛跳墙又名福寿全，是福建省福州市的一道有名的特色菜，属闽菜系。该菜通常汇集鲍鱼、海参、鱼唇、牦牛皮胶、杏鲍菇、蹄筋、花菇、墨鱼、瑶柱、鹌鹑蛋等十几种食材，加入高汤和福建老酒，文火煨制，其口感软嫩柔润、浓郁荤香、荤而不腻。

佛跳墙这道菜历史悠久，早已成为福州人生活中不可缺少的一部分。逢年过节，福州人都会烹制这道菜，也是福州人宴请宾客的必备菜。

关于佛跳墙有这样一个故事。相传，清代道光年间，福州官钱局的官员宴请福建布政使周莲。席间有道名叫"福寿全"的菜、是用鸡、鸭、羊肘、猪蹄、排骨、鸽子蛋等慢火煨制成的，周莲吃后非常满意。回到家即命厨师郑春发在原菜的基础上改良，减少了肉的用量，又加入多种海鲜，使得这道菜的内容更加丰富，鲜美可口。后来，郑春发离开布政使衙门到福州东街开了一家"三友斋"菜馆（今福

州"聚春园"餐馆），因为"福寿全"味道鲜美，一时间成为福州达官贵人争相品尝的菜肴。

一次，几位秀才慕名来品尝"福寿全"，其香气飘到了对面的寺院，寺里的僧人禁不住诱惑，偷偷跳墙出寺，与秀才们共享

美味佳肴。一位秀才诗兴大发，吟道："坛启荤香飘四邻，佛闻弃禅跳墙来。"从此，"福寿全"改名"佛跳墙"，这个故事一直流传至今。

佛跳墙的制作工序烦琐，但确实美味醇香、营养丰富，曾一度在全国各地掀起佛跳墙热，形成了各种有地域风味的佛跳墙。

我在北京、上海、广州等地都吃过佛跳墙，我个人认为还是福州的味道好。因为在饮食习惯上，福州人的饮食比较清淡，讲究调汤、注重营养，所以非常符合我这个南方人的口味。

2019 年，我到福州采访，当地的朋友请我到当地最有名的"聚春园"品尝佛跳墙。

聚春园始创于清同治四年，是福建省现存历史最悠久的店，其以经营正宗福州菜闻名，驰名中外的佛跳墙就源于这里。2008年6月，佛跳墙制作技艺被列入第二批"国家级非物质文化遗产名录"，聚春园的佛跳墙一直保持着古老而复杂的制作方法。

佛跳墙集山珍海味于一坛，选用优质的鲍鱼、海参、鱼翅、鱼唇、干贝、绍酒等10多种食材，放入特制瓷坛，经过23道工序和4小时慢煨而成。

佛跳墙是"聚春园"的招牌菜，其做法考究，十几种原料分别调制好后分层次摆入绍兴酒坛，加入调料以荷叶封口，泡发5~6天，然后将坛子放在炭火上烧沸，再文火慢煨，煨制过程中几乎没有香气外溢。其煨好后连着坛子端上桌，开坛加油和鸽子蛋，小坛分食。开坛时，香气四溢，高汤和绍酒融为一体，口感鲜明，风味独特。

一盅佛跳墙，每种食材既有共同的荤香，又保持着各自的特色，入口软糯脆嫩，荤香浓郁，汤浓味美，营养丰富，瞬间征服食客的味蕾，真是"罐中暗藏千百味，人间珍品佛跳墙"。

梅菜扣肉

扣肉是少有的名贯中国八大菜系的硬菜，很多食客都挡不住扣肉的诱惑，许多地方都将扣肉作为当地的传统美食，将其纳入当地食谱。

扣肉又称虎皮扣肉、走油扣肉。扣肉演变至今，融合了各地的特色，创造了许多品种，其中最具地方特色的有广东的"香芋扣肉""梅菜扣肉"，上海的"腐乳扣肉"，湖南的"豆豉扣肉"，江苏的"糟扣肉"，广西荔浦的"松皮扣肉"，湖北松滋的"五花扣肉"，湖北随州的"豆角扣肉"，广西玉林的"酸甜扣肉"，河北承德的"万字扣肉"，贵州都匀的"盐酸扣肉"等。

但是扣肉无论如何变化，其盖面肉坯的制作工艺基本保持不变，只是调味的方法、辅料的搭配、造型的花样等有所不同，如广东的香芋扣肉，其中添加了增鲜的蚝油和佛山柱侯酱；江苏的扣肉中一般会放酒糟；湖南的扣肉则喜欢放豆豉、干辣椒等。在五花八门的扣肉中，最著名的当属广东的梅菜扣肉。

梅菜扣肉属客家菜，色泽金黄，肉质软烂，香气扑鼻，肥而不腻。

关于梅菜有这样一个传说：从前，有个姓卢的娘子正开荒种地，她身边的小孩饥肠辘辘。这时有个仙女从天而降，安慰着卢娘子，并拿出一包菜籽说："夫人休得伤心，善心人自有护佑，今我百年修炼、育有菜种一包，是广济苍生之物，你等将菜种播下，春节前可收获，届时神州多一物，孩儿可得温饱矣！"言毕，仙女即远去，卢夫人急急拜谢，问姑娘姓甚名谁，日后好生报答，仙女笑答："广济苍生，何劳报答，姓梅是也。"卢娘子按照梅仙女的话，回家和丈夫一起把菜籽种下，精心耕作，过了些日子，菜种就生根发芽，到了腊月，菜长得又大又肥，卢娘子采来煮食，鲜甜嫩滑，分外可口。亲朋好友得知便来一探究竟，卢娘子道，是

梅仙女送的菜种，就叫"梅菜"吧。后来亲朋好友引种，梅菜在东江流域广为种植。丰收后，老百姓生活红红火火。

梅菜扣肉也有一个相传已久的故事：北宋年间，苏东坡居住在惠州，专门派了两位知名厨师到杭州学厨艺。两位厨师学成返回惠州时，苏东坡又叫他们仿照杭州的"东坡扣肉"，以梅菜为原料制成"梅菜扣肉"，果然味道让人赞不绝口。后来广为流传，深受惠州百姓的欢迎，成为惠州宴席上的美味。

客家人将五花肉和配料混在一起烧制，再将肉垫在梅菜干上蒸，出锅后，其色泽油润、香气浓郁。这便是我们熟知的梅菜扣肉。

　　想当年，鲁迅先生在《新青年》杂志上发表短篇小说《狂人日记》，胡适称之为中国现代小说的"开山之作"。鲁迅请胡适到北京绍兴会馆吃饭，上的第一道菜就是梅菜扣肉。

　　扣肉是一款运用了水、油、汽3种传热介质的菜肴，要想做好这道菜，不仅需要掌握扣肉的基本制作技艺，还要熟悉各环节涉及的一些烹饪原理。

扣肉是我比较喜欢的一道菜，在我的家乡湖北，家里宴请宾客就会做这道菜，尝一口，肉质软烂，特别是肉皮部分，炸制后再蒸，入口即化，软糯醇香，虽然咬一口满嘴流油，但一点都不腻。

有些地方在扣肉蒸好后还要进行后续烹调，以使成菜风味更加独特。如回锅扣肉，即把做好的扣肉重新下锅，待煸炒至肉吐油、表面起酥，加蒜苗、鲜辣椒（干辣椒）翻炒。有的地方在扣肉回锅时还要加汤汁煮一会儿，以使成菜的口感酥烂滑软。

在原料的选用上，主料猪肉多选皮薄且厚度为 3 ~ 4 厘米的猪肋条，这个部位肉的特点是肥瘦相间，且分布均匀。如果肉皮太厚，会导致扣肉成品表面形成的皱纹差；如果肥瘦分布不均匀，那么肉不易煮熟；垫底辅料一般选用干梅菜、香芋、干豆角、豆豉等淀粉含量丰富的食材，这些辅料可以充分吸收猪肉在蒸制时渗出来的油脂，不仅使自身的口感变得柔和浓香，而且使主料能够吸附配料的清香。

扣肉好不好吃，制作是关键。在制作时，一定要先将初加工好的肉块放入热水锅（冷水入锅肉块不易煮烂，水要淹没肉块），大火烧开后改中小火，煮制过程中可以加入甜酒，目的是让甜酒的香味渗入猪肉组织，起到增香提鲜的目的。

另外，煮制时最好皮朝上，并用两根竹签平行插到肉中，使肉在煮的过程中不易变形。加热时间要依肉块的大小定，一般需要30 ～ 40分钟，煮熟的标准是用手触摸感觉肉皮发软，有黏性（在实际操作中，可用筷子插入肉皮，容易插入则说明已经煮熟）。经过长时间水煮，猪肉的部分脂肪充分水解成甘油和脂肪酸，这样吃起来才能肥而不腻。

调味是决定扣肉风味的重要阶段，扣肉的本味是鲜而回甜，因此，基本的调料应有盐、味精、白糖、酱油等。扣肉在蒸制前就要调好味。先把调料投撒在肉上层，然后码上垫底的配料。

如果用含淀粉较多的配料，一般要先过油。如果是选用干豆角、芽菜、梅菜干等纤维含量较多的配料，要先泡发，洗净后再入锅煸干水分。这里需要注意煸炒的时间——要是炒过了，口感偏老；要是炒的时间短，水分含量过高，则不利于蒸制时吸收肥肉渗出的脂肪。

根据肉块的纹路，横切成约半厘米厚的片，皮朝下码在碗内，并保持肥肉与瘦肉的完整。将肉片沿碗边呈扇形摆放，露出五花肉瘦肉的部分，侧面放两片五花肉打造扣肉的完整造型。

肉片忌切太厚，否则肥肉中的脂肪在蒸制时不能充分渗透出来，导致最终口感肥腻；肉片也不能切得太薄，否则蒸制后肉片难以保持完整形态。

广水滑肉

广水滑肉、泡泡青、春卷、三鲜、腊肉是湖北随州的五大美食。平时很少吃猪肉的我却对家乡的一道传统美食"广水滑肉"情有独钟。

"广水滑肉"是湖北的一道特色菜，至今已有 1400 多年的历史。由于湖北人读"滑"与"发"同音，更增添了人们对它的喜爱，当地还有"无滑肉不成席"的说法，广水滑肉成为当地各种宴席上必不可少的一道菜。

广水滑肉选料考究、制作精细、口味别致，具有汤汁浓郁、油润滑爽、肥而不腻等特点，被载入《三楚名肴》《帝王将相中华美食》《中华名菜文化与制作》等，并被列入湖北省省级非物质文化遗产名录，可与武昌鱼齐名。

广水滑肉，由土猪肥膘肉、鸡蛋、胡椒粉、精盐、酱油、高汤、湿淀粉、姜末、葱花、猪油等食材和调料烹制而成。

相传，这道美食与隋文帝杨坚有关。隋开国初期，隋文帝食遍山珍海味，均觉食之无味，斩杀了很多御厨，还广贴黄榜征招御厨。

但是黄榜贴出 20 多天，没有人敢揭榜，大臣急得团团转。此时，应山县（今广水）的一位名叫詹鼠的厨师揭下皇榜，叩见隋文帝时，他说最好吃的菜就是"饿"。隋文帝便急着找"饿"，带着大臣跑遍大街小巷，饥肠辘辘。这时詹鼠奉上一盘肥而不腻、

嫩滑可口的菜，隋文帝刚把肉放到嘴里品尝，肉却一下子滑过喉咙，满口留香，他胃口大开，接连吃了好几块，并连呼"滑肉！滑肉！"。

于是，杨坚为这道菜命名"滑肉"，还把詹鼠留在了皇宫，封为御厨。于是，"广水滑肉"便成为一道传统菜肴，流传于世。

后来，隋文帝听信谗言，下令将詹鼠斩首。詹鼠被杀后，御膳房的其他厨师都不敢在为隋文帝烹制的菜肴中加盐调味，怕犯欺君之罪。隋文帝接连十几天吃着不加盐的菜，虽是山珍海味也觉索然无味，还出现了全身无力、精神萎靡的症状。御医诊断后才发现皇帝的病因。隋文帝这时才醒悟，原来詹鼠的话是对的。隋文帝悔恨不已，并追封詹鼠为厨王，还规定每年农历八月十三为詹鼠的忌日，让老百姓祭奠他，詹鼠从此成为天下厨师的鼻祖。

广水滑肉历经几代人心手相传，目前已遍及全国，但采用詹鼠原始制作方法的并不多。目前，广水一直用传统方法炖制滑肉，所以这里的滑肉也最地道。

制作滑肉的原材料讲究"纯""鲜""净"，制作理念强调"滚""淡""乱"，尤其是火候的把握与时间的掌控，从而达到汁浓味鲜、肉入口即化、油而不腻的口感。

广水滑肉的制作方法比较复杂。制作滑肉时先要把上好的猪肥膘肉（也可以用五花肉）去皮洗净，切成2厘米的方块，清水浸泡约10分钟取出，放在漏勺中滤干水分，然后放到碗中，加蛋清、精盐、胡椒粉、淀粉、姜末等配料拌匀，手捏着很滑腻时，静置片刻，然后下油锅炸至金黄，用漏勺捞出滤净油。最后将过滤好的肉放入砂锅，加清水，大火烧开后改小火慢炖，约1小时后再添加黄花菜、萝卜、莴笋等蔬菜，煮熟后将滑肉盛于汤盆即可。这样炖出来的滑肉汤鲜美可口、油而不腻、口感滑爽。

随州东兴市场的168酒楼做的滑肉很地道，这家酒楼主要制作私房菜，滑肉便是它的招牌菜之一。这里的滑肉用农村土猪肥

膘肉烹制，吃起来油润滑爽、软烂醇香、肥而不腻、入口即化，风味隽永。

  吃滑肉要趁热，吃的时候要用细瓷汤匙，先舀一勺放到碗里，慢慢地喝两口汤，那舒适甜美的感觉便萦绕在心头；然后再舀上一块滑肉送入口，细嚼慢咽，口感细嫩软滑、肥而不腻、鲜美可口。

四川火锅

　　火锅是中国美食的代表之一，提到火锅就不得不说四川火锅，四川火锅是川菜最具特色的饮食方式，是四川美食文化的缩影，是巴蜀人勤劳智慧的结晶。

　　四川火锅汤红麻辣，象征着热情、奔放、勇敢和希望，火锅文化牢牢扎根于巴蜀大地，传承着四川美食文化的精髓，承接了历史脉络，紧跟时代潮流。

　　四川火锅历史悠久，太康元年（280 年）的《三都赋》中就

有火锅的记载，距今已有 1700 多年了。

相传，一个叫马记的中年男人在重庆卖牛肉，一天，他在一家屠宰场周围闲逛，便从牛贩子手里挑了一些牛内脏，也许是因为好奇，也许是因为饥饿，他抱着试一试的心态，将牛肝、牛肚切碎后丢到用辣椒和花椒做成的"卤汁"里煮，结果竟然得到一锅麻辣鲜香的美味。

聪明的马记意识到这是一个商机。于是，他将这锅"卤味"

放在一个小炉子上，在长江边开了一家餐馆。那时的顾客三五成群围坐在锅前享用。渐渐地客人越来越多，由于不同顾客的口味不同，他又对汤锅进行了升级，将铁锅分成两格（鸳鸯火锅的前身），这样，麻辣和清淡的食材就可以在一个锅里煮食，顾客也能各取所需。

后来，马记的生意日渐红火，效仿的人也越来越多。为了区分，马记给自己的餐馆取名为"马记毛肚火锅"，于是，四川第一家火锅店诞生了，铁盆也换成了赤铜小锅，还发明了蘸汁，可由食客自己配制。

继"马记毛肚火锅"之后，吃火锅慢慢变成了一种饮食时尚，火锅店遍布大街小巷。渐渐地，火锅从最初的单一形式逐渐衍生出鸭肠火锅、鱼头火锅等。锅底的类型也有了更多变化，如今比较常见的有红油火锅、清油火锅、鸳鸯火锅、藤椒火锅等。

近代，四川火锅越来越多样化，有众人围食的酣畅淋漓，也有一人一锅的小情调，四川火锅也开始走向世界。

四川火锅的发展历程让我们看到了川渝人的坚强和智慧。他们将豪爽的民风融入火锅汤底，形成了独有的风味，也让世界了解到川味的包容与多元。

四川火锅的麻辣调料主要来自自贡种植的辣椒和花椒。自贡不只是"中国盐都"，还是闻名全国的"辣椒和花椒之乡"，是优质辣椒和花椒的主产区，著名的"七星椒"就产自这里。没有麻和辣的火锅不是真正的四川麻辣火锅。可以说，自贡的辣椒和花椒铸就了四川火锅的灵魂。

成都是火锅之都，成都的大街小巷都有火锅店，火锅似乎已经成了成都人的"命根子"，是当地人快乐生活不可或缺的元素。

麻辣是四川火锅的特色。"辣"是成都人的饮食习惯。

吃火锅的时候，成都人会真诚地劝你："多吃点儿，吃火锅对身体好。"

这是句实话。因为，成都属亚热带季风性气候，潮湿多雨，食麻辣可以驱除体内的湿气，所以成都人喜麻辣有气候和地理环境的原因，长久以来就成为一种习惯和特色。

另外，成都人喜欢热闹，而吃火锅正好能营造这种氛围，人们边吃边聊，整个大堂，每张桌子旁的人都在欢乐地聊天，在踏进火锅店的那一刻，你就会不自觉地进入放松的状态。

成都人爱吃火锅还因为他们为人热情、豪爽。

吃火锅方便，价格公道。搭配火锅的菜品多，还可以根据个人的口味随意搭配。一群人聚会，火锅可以满足所有人的口味。

在成都，吃火锅有讲究，蘸料一般选用基本的葱姜蒜和香油，这样才能吃出火锅的原汁原味。烫菜也有讲究，先吃毛肚、鸭肠，烫法讲究"七上八下"，不能煮，只能烫，烫到什么火候，他们了然于胸。

所谓"七上八下"，即一块毛肚在沸腾的锅里浮起来七次，沉下去八次，烫15秒就可以吃了，这个火候的毛肚新鲜脆嫩。

毛肚是四川火锅的灵魂，也是吃火锅的必点配菜之一。"日暮汉宫吃毛肚，家家扶得醉人归。"也凸显了毛肚火锅的名气。

毛肚又分为黑毛肚、黄毛肚、白毛肚。牛吃的饲料不同，毛肚的颜色也不同，上好的毛肚多来自天然牧场，毛肚的颜色发青。

毛肚为何是四川火锅的灵魂？主要因为它容易吸附汤汁、易

涮毛肚

熟，口感脆嫩 Q 弹，火锅底料能去其膻腥。

一块优质的毛肚，首先要尺寸足够大，所谓"大刀毛肚"就是为了凸显其大的特点；毛肚颜色要幽深，颗粒明显，刺根直立，结构完整，这样才能更好地涮入味。

毛肚的薄厚决定其口感，太薄没有嚼劲，发软；太厚嚼不动，汤汁尽失。硬币厚的毛肚，是其口感均衡的黄金比例。用筷子挑起毛肚，隔光看不透光，但微微发亮，最佳。

涮毛肚的经典吃法就是涮牛油红汤蘸香油蒜泥。用筷子夹起一片毛肚，在翻滚的红汤里轻轻抖动，让它饱饱地吸一层汤汁，再沉入香油蒜泥，消去些许辣，一筷子送入口，任它在舌尖上跳跃舞蹈。

烫毛肚可以凸显出一个人吃火锅的水平。筷子夹得稳不稳，毛肚烫得嫩不嫩，都是技术。

火锅不仅是美食，而且蕴含着饮食文化。吃火锅时，男女老少、亲朋好友围着热气腾腾的火锅大快朵颐，热闹且欢乐，体现了团圆的中国传统。我也喜欢吃火锅，每次去成都必去火锅店。

吃火锅之乐，在于意趣，正如清代诗人严辰所写："围炉聚炊欢呼处，百味消融小釜中。"

易中天曾说："最懂生活的中国人，莫过于成都人。"对于成都人，这种评价很恰当，他们是一群隐匿在都市的云游客，诉说着对生活的热爱。

纷纷扰扰的世俗生活似乎永远无法打搅这座城市，因为在成都人眼里，什么都是幸福生活的调料。

火锅不仅承载着成都人的生活诉求，而且承载着他们对这座城市的热爱和对过去的追忆。

火锅对成都人来说，是一种生活、一种热爱、一种流淌在血液里的传承。

松鼠桂鱼

说到苏州菜，不得不提松鼠桂鱼，在苏州人的宴席上，这道菜常是用来压轴的。炸好的桂鱼装盘上桌，昂首翘尾，色泽橘黄，形如松鼠，随即浇上热腾腾的糖醋汁，它就会"吱吱吱"地叫，因形声均像一只松鼠而得名。松鼠桂鱼酸甜爽口、外脆里嫩，色香味形俱佳，在海内外享有盛誉。

　　桂鱼是"三花五罗"中最名贵的鱼，与黄河鲤鱼、松江四鳃鲈鱼、兴凯湖大白鱼、武昌鱼齐名，为我国五大淡水名鱼之一。

　　桂鱼的身体侧扁，背部隆起，身体较厚，尖头，外形美丽，营养价值高，含有蛋白质、脂肪、维生素、钙、钾、镁、硒等营养物质，肉质细嫩，极易消化，深受人们喜爱。

　　关于松鼠桂鱼的由来，当地流传着多个版本，虽无从考证，但大多数人认为这道菜与乾隆皇帝有关。

　　据说，乾隆皇帝有一天微服私访到苏州，时值阳春三月，桃红柳绿，鸟语花香，人们纷纷到郊外踏青。城里城外，游人如织。乾隆皇帝随百姓一道观赏了几处春景，又累又饿，看到观前街的松鹤楼饭馆，便走了进去。而当天松鹤楼的老板在给母亲庆寿，分外忙碌。

　　乾隆皇帝坐下许久才有一个伙计过来。伙计见他身着布衣布鞋，鞋面上还沾着泥土，认为他是乡里的农民，便懒洋洋地问道："客官，吃点什么？"

　　乾隆皇帝说："只管拣好吃的上。"

　　伙计心想，瞧你的打扮，吃好的付得起钱吗？于是挑了几道便宜的菜送上去。乾隆皇帝一看便问："贵店没有好菜吗？"伙计不耐烦道："没有。"

　　这时，乾隆皇帝见另一个伙计手里端着一盘喷香鲜艳的菜

（松鼠桂鱼）从厨房出来。乾隆皇帝叫那个伙计端过来。伙计傲慢地说："松鼠桂鱼你吃得起吗？"乾隆皇帝听后很生气，便将桌上的菜摔了出去。

随着碗筷落地，门外进来一位平常打扮的人，他扶乾隆皇帝坐下。响声惊动了店主，他急忙到桌边赔礼。后进来的人从怀里掏出两锭银子，要店主迅速送上好酒好菜。

店主看这两人虽然衣着普通，但气度不凡，赶快将为他母亲庆寿烹制的松鼠桂鱼、锅巴菜、巴肺汤等端了上来，并连连给乾隆皇帝道歉。

乾隆皇帝见那松鼠桂鱼昂头翘尾、色泽鲜亮，入口鲜嫩酥香，微带酸甜，觉得昔日御膳也不及它好吃，连连称赞。

这时，苏州知府得到消息，立即带了一队人在松鹤楼门口恭候，店里人知道这是乾隆皇帝，真是又惊又怕。

好在乾隆皇帝吃得尽兴，便没有与店伙计计较，临走还向店主问了松鼠桂鱼的做法，并赏了店主一些银子。店主非常高兴，从此便挂出了"乾隆首创，苏菜独步"的牌子，于是松鼠桂鱼就传开了。后来，乾隆皇帝多次下江南，总会光顾松鹤楼，点松鼠桂鱼。

制作松鼠桂鱼选用新鲜桂鱼，处理干净改刀切成花状，炸制后浇上特制的汤汁，汤汁渗入鱼肉，散发出独有的鲜香。

每次去苏州，松鼠桂鱼是我的必点菜。无论是味道还是外形，松鼠桂鱼都是一道地道的江南菜。

下面，我将制作松鼠桂鱼的方法告诉大家，只需 5 个步骤，自己在家就可以做。

第一步：准备制作松鼠桂鱼的食材，1 条 750 克左右的活桂鱼，

去内脏、洗净、沥干、改刀，加黄酒5克、盐3克、鸡蛋清少许上浆，再拍定量干淀粉，用手拎鱼尾抖去余粉。

　　第二步：锅入油50毫升，待油温210~220℃，放入桂鱼，鱼身炸2分钟，鱼头炸3分钟捞起。

　　第三步：待油温升至240℃复炸，鱼身炸50~55秒，鱼头炸90秒捞出。

　　第四步：取虾仁、黄瓜丁各15克，胡萝卜丁10克，焯水，取桂鱼酱汁200毫升均匀地浇在炸好的鱼上，将焯过水的虾仁、黄瓜丁、胡萝卜丁洒在鱼表面。

　　第五步：制作酱汁。根据个人口味加入白糖12克、白醋15毫升、番茄酱50克、番茄沙司50克、冰花酸梅酱10克、大红浙醋10毫升、盐9克，大火熬制混合均匀，出锅浇在鱼身上，再撒上一把松子即可。烧制时可以加入少量盐，加盐的目的是中和酱汁的甜味，吃起来不会太腻。

　　制作松鼠桂鱼看似难度很高，其实只要掌握好片鱼、打花刀、炸制这几步，就可以烹制好这道菜。

制作正宗的松鼠桂鱼所用的鱼是现杀现做，以保证其味道的鲜美。桂鱼改刀也有讲究，刀花要深浅不一，如在肉厚的地方下刀深一些，横刀、竖刀都有具体的要求，这样才能呈现出最好的外形。

第二章

风味人间

中国是个美食大国，
每个地方都有自己的特色美食和风味小吃，
这些最能代表地方饮食文化。
地方美食不只是美食，
更是一种乡愁，
在引爆我们味蕾的同时，
也唤醒了我们对某个地方
最深刻的记忆和对家乡的思念！

烩面

烩面是一种荤、素、汤、菜、饭兼而有之的传统风味小吃，里面有肉、有菜、有面、有汤，面香肉烂，汤味浓郁，经济实惠，营养丰富，是河南省三大特色美食之一。

说到河南的烩面，不得不提号称"烩面之城"的郑州。走在郑州的大街小巷，看到最多的就是烩面馆，还有许多河南家庭以烩面为正餐，因此颇能代表河南的饮食风味。

烩面按配料不同可分为羊肉烩面、三鲜烩面、五鲜烩面等。烩面的制作十分讲究，熬汤、揉面、甩面，掌握这一套制作工序是要下很多功夫的。汤和面量把控不好会影响烩面的整体口感。烩面所用的面为扯面，类似拉面，但略有不同。一般选用精制小麦粉，加入适量盐碱和成软面，反复揉搓，使其变得筋韧。

烩面历史悠久，郑州知名的烩面馆还有甩面表演。表演时，面被师傅甩得又长又细且不会断，让人深刻体会到面的劲道。

烩面的精华在于汤，选用优质鲜嫩的羊肉反复浸泡后下锅，撇出血沫，放入调料（据说有七八味中药），熬5小时，将肉熬烂，熬出的汤白亮如牛乳，所以被称为白汤。锅内放原汁肉汤煮沸，将面拉成薄片入锅，依次放羊肉、黄花菜、木耳、粉条、海带丝、豆腐丝、鹌鹑蛋等，上桌时另配香菜、辣椒油、糖蒜等，面香肉烂，香味浓郁，价格实惠。

郑州的老杨给我讲了烩面的起源。抗日战争时期，日军的飞机经常空袭郑州，当时有位名叫赵荣光的名厨，他特别喜欢吃面食。空袭来了，他就去防空洞躲避，回来后，就把剩下的面条加羊肉汤烩一烩吃，结果发现重新烩过的面很好吃，他便潜心研究，在面中加些盐碱，使之更筋道，后来烩面就成了河南的风味美食。

烩面作为河南饮食文化的代表之一，也彰显了河南人的热情、朴素。在河南人的日常生活中，面食无处不在，无论是烩面、卤面，还是饸饹面，吃面是河南人的日常，更是河南人的幸福。

每次到郑州，我都要吃一碗烩面，口感劲道爽滑，味道鲜美，劲道的面搭配醇厚的汤，喷香、热乎，宽宽的面就像一条条晶莹的飘带；棕色的海带和淡黄色的豆腐皮萦绕其间；葱花和香菜在汤面上左右摇摆，香气扑鼻、令人垂涎。舀一勺汤放到嘴里，再吃上一口面，那始料未及的香味遍布口腔。羊肉的鲜、葱姜的香、海带的醇、香菜的清新，还有面的柔韧劲道，令人意犹未尽。

郑州人吃烩面有一个秘诀：等3分钟！

为什么要等3分钟？原因有二：一是烩面的汤中含有大量油脂，而油脂的沸点很高，可达250℃，所以刚出锅的烩面汤的温度可能远高于100℃（云南的过桥米线也应用了这一原理）。从烩面起锅入碗到端上餐桌，这个过程中"烹饪"仍在继续。事实上，有经

验的厨师往往会在火候的拿捏、分寸的掌握上留有余地，使烹饪在起锅几分钟后达到完美。二是凭美食家的经验，3分钟是个"心理学伎俩"。据说，人在面对食物时，等3分钟，食物对人视觉、嗅觉的刺激会使人胃口变好，吃起来更开心。

此外，一个真正的烩面高手都懂"五法"：观其色、赏其形、鉴其器、闻其香、品其质。

一是观其色：厨师将烩面装碗时，一般先将烩菜放碗底，再依次放面和肉。所以，食客食用前必须亲自动手，用筷子将碗里的食材充分搅拌，这时纵览碗中食物，就会出现一青（小青菜）、二白（面条）、三红（羊肉、枸杞子）、四绿（海带丝）、五黄（黄花菜、黄豆芽）、六黑（木耳），香气扑鼻，绚丽的色彩令人赏心悦目，胃口大开。

二是赏其形：烩面的制作从面团的形状演变成几何形状，面形的变化蕴含了中国人的智慧和文化。美食家张勋先生在《享受烩面》中写道："对烩面馆来说，抻面出神入化。工细严谨，无疑是厨师的基本素养。"

三是鉴其器：中国饮食文化源远流长，人们常说"美食不如美器"，因为饮食中也有审美意识的觉醒，在享用美食时，食器若雅，饮食余，也能有悦目悦心的体验。器是烩面文化的要素之一，烩面馆所用餐具一要色调，二要材质。一般来说，光洁明亮的给人典雅、洁净之感，淡绿给人清新、生机之感，粉红给人热烈、快乐之感，牙黄给人雍容、华贵之感。笔者曾去过郑州的一家烩面馆，面馆装修古色古香，用的是定制的仿古陶碗，还专有陈列，供食客欣赏。陶瓷烩面碗的造型、质地、色泽均高度仿古，端上桌，给人一种粗犷别致的美感，令人爱不释手。一碗烩面40元，顾客络绎不绝，它展现的是一种饮食文化，给人以美的享受。由此可见，美器与美食完美搭配才是中国人追求的饮食哲学。

四是闻其香：美食之所以令人沉醉，除了视觉冲击（观其色、赏其形、鉴其器），还有嗅觉冲击（闻其香）。当一碗烩面放在你面前，其氤氲香气沁人心脾。烩面香气的形成途径是多样的，植物原料和动物原料中的香气成分通过烹饪高温溶出，并发生系列反应，经过调香、增香，烩面的香气达到巅峰。但必须指出，香气的浓度并不是越高越好。有些情况下，只有浓度较低的香味才会令人愉悦。

五是品其质：烩是中国古老的烹饪技法之一。"烩"的精妙之处不在菜而在汤。面和汤都是烩面质味的关键。

烩面的制作有一整套特殊工艺，造就了面条本身的腴、韧、弹、滑，经过适度地烹煮，面条的质地呈现出爽滑（光滑而不涩、爽口而不黏腻）、筋道（有弹性、不散）、有嚼劲（耐咀嚼、不粘牙）的特点。

很多人可能没想到，一碗普通的烩面吃起来还有这么多讲究和学问。酸甜苦辣咸，五味调和；色香味形器，五感共生。这算得上中国烹饪的最高境界了。

一碗热腾腾的烩面承载了河南丰厚的饮食文化，讲述着中原大地悠久的历史和人文情怀。

春
卷

每年立春，全国大江南北的人都会食用一种面点，它就是深受人们喜爱的春卷。春卷具有酥、香、鲜三大特点。

春卷又称春饼，是我国的一种传统美食，名字就带有春天的气息。春卷有一卷迎春、喜庆吉祥的寓意，所以春卷是中国食用最广的美食，在江南地区，更是春节餐桌上必不可少的美食。

立春吃春卷就像端午节吃粽子、除夕吃饺子一样，千百年延续至今。

春卷看似其貌不扬，却是热门的民间小吃，甚至在清代宫廷的满汉全席上，128道菜点，春卷就是9道主要点心之一。它色泽金黄、酥脆可口、味道鲜香，营养价值高。在我国南方，作为年夜饭的压轴菜，春卷代表着新年、代表着新春。

春卷在我国有着悠久的历史，据说，春卷早期被称作春盘，每到立春，人们就会把薄饼放在盘子上面，然后搭配多种蔬菜食用，所以被称作春盘。且当时并不是只有立春的时候才会吃，老人喜欢在春天闲暇时去野外游玩，即春游，人们在春游时就会带上春盘，唐代之后，春盘就改名为五辛盘。

而福建还有另一种说法，宋代福州有个书生，为了温书应试，整日埋头苦读，常常废

春卷

寝忘食。他的妻子多次劝他也没用，便想了个办法：把米磨成粉，制成薄饼，以菜和肉为馅包成卷筒，既当饭，又当菜。这种小吃后来定名为春卷，并逐渐流行起来。现在，春卷皮已改用面皮，馅主要是豆芽、韭菜、豆腐干，有的还增加了肉丝、笋丝、葱花等，有的春卷配菜则以鸡蛋丝、海蛎、虾仁、冬菇、韭黄等制成。春卷微火油炸至金黄，外酥里嫩，因此又被称为"炸春"。

古书《岁时广记》中有载："在春日，食春饼。"春卷源自古人"食春饼"的习俗。唐代诗人杜甫的《立春》："春日春盘细生菜，忽忆两京梅发时。"宋代诗人蔡襄曾留下"春盘食菜思三九"的诗句，盛赞春卷的美味，可见从古至今春卷都深受百姓喜爱。

春卷的种类繁多，南北方的做法和吃法也不同：南方的被称为春卷，以油炸和咸口为主，内馅多种多样；北方的被称为春饼，不用油炸，现吃现包。

北方春饼的皮有两种，一种是蒸出来的，皮薄透亮，被称为"筋饼"；另一种是在锅里烙出来的，口感更筋道。

老北京人吃春饼喜欢将豆芽、粉丝、韭菜、肉丝、芹菜等一起炒成"合菜"，用薄如蝉翼的饼皮卷起来吃。

对于能把节气当成节日过的东北人来说，到了立春乃至春分，他们不吃饺子吃春饼，这足以说明春饼在东北人心中的重要性。

北方人吃春卷有一个特点，拿起饼皮，卷上土豆丝、豆芽、酱肘子、酱牛肉、炒鸡蛋和大葱，蘸上麻酱，塞进嘴里满口香，这就是早春时节最难得的美味了。

闽南人称春卷为润饼，主要配菜有春笋丝、卷心菜丝、胡萝卜丝、韭黄、绿豆芽、香菇、酥海苔、猪腿肉、虾仁、蛋皮丝等，食用时，用薄如蝉翼的熟面皮把各种配菜制成的馅料包卷成枕头

状，用油炸酥，然后根据个人喜好蘸不同的酱料，口感嫩脆甜润，醇香美味。

润饼皮是润饼的灵魂，泉州特色的润饼馅料有荷兰豆、花生碎、海苔、萝卜丝、海蛎，如果想要吃酸甜口味的，还可以在馅料里加"菜头酸"，入口饼皮弹牙、内馅酸甜。

上海和浙江的春卷有咸、甜两种口味，甜的馅料是豆沙，咸的最正统的馅料是黄芽菜肉丝（白菜）。咸味春卷以新鲜的菜心炒肉丝、冬笋、豆腐干、芹菜为馅料，用春卷皮包成长圆筒状，放锅里炸，金灿灿地泛着油光，皮脆馅鲜，轻轻咬一口，黄芽菜的清香和着肉丝的鲜美，伴着馅料的汁水划过舌尖，幸福感满满。

南方人喜欢吃荠菜春卷。荠菜春卷的馅料是用荠菜和猪肉打成的，被薄薄的春卷皮包裹着，下油锅炸至两面金黄。吃到嘴里，先是"咔嚓"的酥脆声，唇齿间都是惊喜，随后，鲜肉渗出的汁水和着荠菜独特的鲜香在口腔蔓延，塑造了富有层次感的舌尖体验。

湖北随州的春卷也与众不同，它不是用面饼，而是用豆油皮做皮，包上荠菜、香菇、肉末、鸡蛋，放到锅里煎着吃，别有一番风味。

　　随州春卷的制作很有讲究，先将鸡蛋炒成丁然后与葱、姜、瘦猪肉末、荠菜在锅内煸炒，加盐、胡椒、味精调味后起锅；豆油皮切成边长 10 厘米左右的方块，将馅料放在皮的中间，四边对折成火柴盒大小的方形，然后放到锅中煎至两面金黄，起锅装盘即成。

　　煎熟的春卷两面橙黄油亮，卷皮薄如蝉翼，外焦里嫩，馅料鲜美，清香可口，既有肉丝的滑嫩，又有荠菜的清香、香菇的鲜香、鸡蛋的鲜嫩，香而不腻，将咸鲜味发挥到了极致，这也是随州春卷的魅力所在。

　　随州春卷没有甜味，加了猪肉味道更加鲜美，荠菜的清香又中和了油煎外皮的油腻感，趁热咬一口，酥脆焦香，咸淡适中，清新的荠菜香夹杂着鲜美的汤汁，香郁满口。

　　每年春节，随州家家户户都要包春卷。一家人围坐桌边，话家常、包春卷，孩子们也会跑来凑热闹。包得有趣，吃得开心，闲暇而聚，其乐融融，春卷至今仍是我记忆中最美好的味道。

过桥米线

风味小吃很能体现一个地方的饮食文化，例如，人们一听到热干面就会想到武汉，一说到螺蛳粉就会想到柳州，一提到过桥米线就会想到云南。

过桥米线是云南著名的小吃，不仅当地人喜欢，而且深受全国不同地区人的欢迎。

米线的做法很多，可搭配配菜、汤料、猪羊肉精制。最具代表性的有过桥米线、番茄肥牛米线、原汤一品土鸡米线、傣味酸汤米线、藤椒鱼米线、老坛酸菜米线、猪肚鸡米线、黄金酸汤鱼米线、砂锅米线等，营养丰富，汤鲜味美，肉片鲜嫩，口味醇香。

过桥米线

寻味人间

过桥米线源于云南蒙自地区，相传，在清代，云南蒙自县南湖的小岛上有个穷苦秀才，名叫张浩，为了能够金榜题名，他每天待在湖中的一座小岛上，专心读书，他的妻子每天给他送饭。但由于小岛离家路途遥远，妻子送到饭菜都凉了。看到丈夫每日辛苦读书，还吃着冷饭，妻子特别着急，想了很多办法希望丈夫可以吃上热饭。

一次，他的妻子炖了一锅鸡汤，并在鸡汤中加了丈夫爱吃的米线和配菜，秀才喝汤时烫伤了嘴巴，妻子发现鸡汤能给食物保温，因此，想到了办法。

她把米线及一些配菜都放入盛有鸡汤的罐子，然后用布包着汤罐提到岛上，这种方法可以有效为食物保温，秀才也因此吃得津津有味。因为妻子给秀才送饭总要经过一座桥，所以秀才将这道美食命名为"过桥米线"。后来，这个秀才中了状元，所以过桥米线又被人称作"状元米线"。自此，过桥米线流传开来。经过历代厨师的不断改进和创新，"过桥米线"声誉日隆，享誉海内外。

云南米线的烹制方法多种多样，有凉、烫、卤、炒；配菜更是不胜枚举，大锅米线还配有焖肉、脆哨、三鲜、肠旺、炸酱、鳝鱼、豆花、鸡丝等。

过桥米线堪称"一个人的美食盛宴"，一口海碗中十几种配菜，还没吃，就能想象千百种滋味在口腔中回荡了。

汤是过桥米线的灵魂，其制作要精选养足 200 天的土鸡和土猪筒子骨，熬制 3 小时，汤的温度保持在 95℃，口感鲜美，营养丰富。过桥米线的制作有 12 道工序：浸泡、磨粉、压浆等，其汤清澈透亮，过滤后盛入大碗，再放入味精、胡椒、熟鸡油等，汤滚油厚，碗上方没有一丝热气。

2021 年 6 月，我到云南大理采访，品尝过地道的蒙自源番茄肥牛米线。

蒙自源番茄肥牛米线

蒙自源作为过桥米线的传承者和全国大型的过桥米线餐饮连锁品牌，在全国拥有 800 多家分店。蒙自源的米线精选配料、统一配方、精细加工，使得其过桥米线始终保持原有的鲜美滋味。

几分钟后，服务员将一大碗米线送到我的餐桌，盘子里还有 12 碟配菜和 1 盘薄牛肉片，碗里盛着红色油亮的老汤，老汤散发着香醇的味道，这碗汤就是番茄肥牛米线的灵魂。

番茄肥牛米线是蒙自源的招牌美食之一，番茄和牛肉的绝妙搭配，先喝汤，再吃米线，汤汁浑厚，香气浓郁，米线软糯又不失筋道，肥牛鲜嫩且有奶香味。

原汤一品土鸡米线是老人和孩子最喜欢吃的一款米线，选用土鸡肉，汤鲜味浓，入口留香，吃完米线再吃鸡肉，鸡肉松软，鲜嫩味美。

据蒙自源餐饮集团副总裁谭天介绍，过桥米线由米线、高汤、拼盘三部分组成。其中，米线是基础，高汤是灵魂，拼盘配料则是米线的生命。过桥米线的拼盘配料主要由各种优质肉类和新鲜蔬菜组成，是构成过桥米线的基本元素，为过桥米线提供了丰富而优质的营养物质。

制汤的重点是选料，原料与水按比例投入，中途不能补水，旺火烧开，撇去浮沫后改小火煨制。制汤完成后再加食盐、味精、胡椒粉调味，装碗

原汤一品土鸡米线

时在汤中加热鸡油，油浮在汤的表面起保温作用。

　　配料除了肉，还有新鲜的蔬菜，如豌豆尖、韭菜苔、葱花、芫荽末等。由于过桥米线的汤一般在80℃以上，所以在品尝时一定要注意，避免烫伤。

　　米线的味道鲜美，在吃法上，云南人可谓是花了很多心思。瘦肉片必先用鹌鹑蛋包浆，这样下到热汤里烫才会更鲜嫩，否则瘦肉会发柴。上菜后，要趁着汤温高，先下生鲜、肉类，再下已经煮过的熟料，最后加入蔬菜。

原汤一品土鸡米线

吃米线也很有讲究，先将生肉片放到汤中轻轻搅动，肉片便会变白、细嫩；然后放入鲜菜，烫一下即可；最后放入米线，配上辣椒油、芝麻油。碗中红、白、黄、绿此起彼伏，香气扑鼻，食之鲜美异常。由此可见，云南人把米线做到了极致。

　　过桥米线是一道有荤有素，饭菜合一，自烹自调的特色美食，食客可按照自己的口味把各种食材烫熟后

　　　　　　　　　　　　　　　　　　寻味人间

享用。

　　"自调"就是食客自己加盐、味精、胡椒粉、辣椒油、葱花、芫荽末入汤，使其达到进餐者理想的口味需求。其肉片是用鲜汤烫熟的，鲜美可口，且汤水宽厚，油重，米线滑润，久吃不厌。

　　对于云南人来说，无论身在哪里，只要在街头吃一碗热气腾腾的米线，便能多少疏解心中的乡愁。过桥米线不仅是一种美食、一种文化，更是云南人的一种生活。

随州香菇酱

香菇酱是以香菇为主要原料制成的即食调味品，当"配角"百搭调味，当"主角"独立成菜，其菇香浓厚，鲜香可口，香菇粒粒有嚼劲。香菇酱可以在拌饭、拌面，炒饭、炒菜时添加，味道更香，是佐餐、烹饪的好选择。

一提到香菇，不得不说湖北随州。随州是"炎帝神农故里""编钟古乐之乡"，也是"中国香菇之乡"。5000多年前，华夏始祖炎帝在随州"植五谷、尝百草"，香菇是"百菇之王"，随州的香菇更是名扬天下，其香菇出口量占全国的1/3。

随州地处湖北东北部，被大洪山、桐柏山、大别山环绕，独特的地理环境给香菇种植创造了得天独厚的条件。尤其是随州盛产栎木，栎木是种植香菇最好的基料，再加上这里气候温和、四季分明、光照充足、雨量充沛、无霜期较长、冬季昼夜温差大，使其香菇品质一流。

随州的香菇不仅味道鲜美、营养丰富，而且具有柄短肉厚、花面如刻、菇纹洁白，富含天然营养物质，天然绿色等特点，素有"植物皇后"之称。

今天，笔者要介绍的是用随州优质香菇制作的美食——香菇酱。

这种香菇酱的创始人罗圆是闻着香菇的味道长大的。他大学毕业后就果断选择回家乡创业，并于2011年1月创立了自己的公司。公司创立之初，主要是以干制香菇、木耳加工和出口为主，他立志让家乡的香菇走向世界。

随州香菇

香菇酱拌饭

近年来，随着经济的发展和人民生活水平的提高，消费者对食用菌产品的品质和营养价值等要求越来越高，食用菌产业也迎来了新的发展机遇。

2016年，罗圆抢抓机遇，从传统的香菇加工出口向香菇深加工转型，通过加大资金投入和技术创新力度，提档升级，新建万吨香菇调味品自动化生产车间，推出了佐餐调味、休闲食品、营养保健三大系列产品，并通过了国家出口资质认证，成为湖北省第一家香菇酱出口企业。

其香菇酱选用随州优质香菇为主要原料，配以植物油、辣椒、花椒、生姜、花生、豆瓣酱、黄豆酱、耗油、酱油、腐乳、食用盐、芝麻、白砂糖等十余种配料精心炒制而成。其最大的特色是炒制而成，加工过程不经发酵，且不添加防腐剂，最大限度地保留了香菇的营养，味道清香、口感醇厚、香而不腻、辣而不燥，用它做菜、拌饭、拌面、夹馍都很不错。

2022 年 2 月，我到随州的品源工业园区参观，一瓶瓶香菇酱在自动化生产线上快速穿梭，一天能生产 100 多吨，封装后会发往日本、韩国等国家和国内各城市。

当晚，玉林酒店的厨师用"菇的辣克"香菇酱为我们精心烹制了一桌美食。

剁椒鱼头是湖南的经典菜之一，很多人都喜欢。但用香菇酱

香菇酱鱼头

烹制的鱼头比剁椒鱼头的味道更鲜美。

鱼头与香菇辣椒酱一起蒸，当香菇酱与鱼头相遇，当香辣与鲜嫩重逢，便成就了一道让人垂涎的美味佳肴。

香菇辣椒酱色泽红润，端上桌，香气四溢。尝一口，鱼的肉质细嫩，香辣爽口。

用香菇辣椒酱制作的酱牛肉一上桌，我就被其独特味道吸引了。这道菜好吃的秘诀在于香菇酱中仅辅料就有十几种，香辛料吊足了其鲜味，真可谓人间至味。

如果说卤水决定酱牛肉的成败，那么酱料则是酱牛肉的灵魂。细腻鲜美的牛肉配上香菇辣椒酱特有的香气，味道更加醇厚，吃起来酱香浓郁，香辣过瘾。

香菇酱炒鸡蛋也很有特色，土鸡蛋配香菇笋干酱，炒出来的鸡蛋色香味俱全、鲜香滑嫩，口感极佳，鸡蛋与香菇的鲜味在舌

酱牛肉

香菇酱炒鸡蛋   水塔片

尖碰撞。

　　水塔片是随州的特色美食，是用锅蒸或用电炉烤制的。烤熟的水塔片底部呈金黄色，吃的时候将香菇辣椒酱均匀地涂在水塔片的表面，对折后把香菇酱夹在中间。酥脆的水塔片散发着特有的香味，咬一口，外酥里嫩，麻辣脆香。如果你不能吃辣，就换成香菇笋干酱或香菇鸡肉酱。

　　我第一次吃香菇酱拌面就被其独特的风味吸引了。面条煮好后装碗，加上一勺香菇辣椒酱，面瞬间变得诱人了。

　　子曰："不得其酱，不食。"自古我国就有食用调味酱的习惯。随着人们生活水平的提高，吃不再是为了饱腹，而是一种享受。一瓶香菇酱调制出了难以忘怀的家乡味道，也承载了很多随州人的记忆。

　　中国调味品种类繁多，历史悠久，很早就有"甘、咸、苦、辛、酸"的"五味说"。数千年来的寻味，使中国人懂得从食物中提取精华，并将其转化为另一种美味。香菇酱就是这样一种亦君亦臣的食物。

『维C之王』沙棘

沙棘又名醋柳果、酸刺果，2亿年前便存在于这个世界，是地球上古老的植物之一，广泛生长在我国西北地区。沙棘以其超凡的生命力被誉为植物界的"生命之王"，沙棘果因其富含丰富的营养物质被誉为"水果之王"和"维C之王"。

沙棘全身都是宝，沙棘的根、茎、叶、花、果，特别是沙棘的果实，含有丰富的营养物质，被用于食品、医药、轻工、航天等领域。含有多种维生素、脂肪酸、亚油酸、沙棘黄酮、超氧化物和人体所需的各种氨基酸，其中维生素C含量极高，每100克果汁的维生素C含量达1000毫克，是苹果的120倍、番茄的80倍、猕猴桃的4倍、山楂的10倍。

相传，800多年前（1200年），成吉思汗率兵向西部远征，由于环境十分恶劣，很多士兵疾病缠身、食欲不振，甚至丧失了战斗力，战马也因长期奔驰而吃不下粮草，严重影响了部队的战斗力。此时，道家宗师丘处机为成吉思汗开了一个以沙棘为主的药方让众将士服用，并采沙棘的果、叶喂马。不久，将士们痊愈，个个食欲大增，身体越来越强壮，战马更是将粮草吃得干干净净，能跑善弛。成吉思汗便视沙棘为灵丹妙药，将其命名为"长寿圣果"。从此，成吉思汗便让御医用沙棘调制成强身健体的药丸，每次出征随身携带。

近年来，沙棘的价值得到了更大的发挥，沙棘不仅被广泛应用于水土保持，而且被加工成各种食品和药品，受到人们的普遍欢迎。

内蒙古宇航人集团董事长邢国良是中国沙棘产业综合开发利用第一人，经过20多年的不懈努力，形成了沙棘育苗、种植、科研开发、生产加工、销售全产业链运营模式，相继在医药、功能

沙棘果汁

食品、个人护理品等领域开发了 200 多种产品，获得了美国食品药品监督管理局、美国有机食品、欧盟有机食品、日本有机农产品认证，产品出口到日本、美国、俄罗斯、马来西亚等 20 多个国家，成为全球沙棘行业的领导者。

邢国良介绍，中国是沙棘的发源地，沙棘的种植面积居世界首位，内蒙古自治区的沙棘总面积占全国的 40% 以上。以内蒙古和林格尔县为核心的沙棘生态园区的海拔均在 1800 米以上，空气清新，气候宜人，日照充足，为远离污染的纯天然绿色生态保护区，这里得天独厚的环境，孕育了世界三大名种沙棘之一蛮汉山野生中国小果沙棘，并成为生产沙棘产品的最佳原料。

　　蛮汉山野生小果沙棘为什么好？因为小果沙棘是药食同源的优质沙棘果，历经 10 个月的生长周期，冬季成熟，而且采摘、运输、储存都必须保持在零下 18℃，最大限度锁住了沙棘的营养。

　　好原料造就好产品。沙棘果肉不仅营养丰富，而且入口不酸涩，味道醇正。

　　用 300 粒沙棘果做成的沙棘果汁非浓缩还原、无防腐剂、无人工合成色素、无农药残留、不添加香精，且采用国际先进生产工艺，鲜果压榨、全果打浆精制而成，保留了野生沙棘果的天然成分，以玻璃瓶封装，最大限度防止果汁氧化，保留了沙棘特有的营养物质。

　　在海拔 1800 米的内蒙古高原降水量少、光照时间长生长的中国小果沙棘色泽金黄、汁液甘润，制成沙棘汁味道纯正、口感酸爽，饮用后还有一丝丝回甘。

　　　　　　　　　　　　　　　　　　　寻味人间

沙棘果汁和沙棘原浆富含多种氨基酸、黄酮、胡萝卜素、维生素 A、维生素 C、维生素 B_1、维生素 B_2 及各种微量元素等，可迅速补充人体所需的多种营养物质，而且具有活血化瘀、润肺止咳、清理肠道、缓解便秘、预防心脑血管疾病和提高免疫力等功效。

　　专家建议，沙棘原浆在空腹或饭后 2 小时饮用效果更好，饮用时用低于 40℃的温水稀释，口感会更好。

兰州牛肉面

一提到兰州，我就会想到《读者》杂志和牛肉面，《读者》杂志和牛肉面成了兰州两张标志性的名片。

兰州牛肉面算得上面中翘楚，具有汤色清亮、牛肉烂软、面条柔韧爽口、味道鲜美等特点，征服了很多面食爱好者。

牛肉面又名牛肉板面、清汤牛肉面。其历史悠久，始创于清光绪年间，系回族老人马保子创制。后人不断改进，将这种面食文化发挥到了极致。如今，在兰州市的街巷，牛肉面馆随处可见。有人说，兰州人的一天通常是从一碗牛肉面开始的，更有人称兰州是一座"面条穿过的城市"。

一碗鲜香味浓的牛肉面像极了朴实的兰州人。牛肉汤醇厚的香气不停地翻滚，师傅手里筋道的面条与案板碰撞，兰州人吃面时的"吸嗦"声，遍及大街小巷的面馆里的人声，这一切，都与兰州牛肉面有关。

奇怪的是，在兰州只有兰州牛肉面，没有兰州拉面。兰州本地人似乎很排斥"拉面"，所以，到了兰州，不要对店家说来一碗"拉面"。

兰州牛肉面的做法与吃法很讲究，别看拉面师傅操起一节面，一搓一拉，连抻数次，一碗细长的面条就做好了，其实做面的工序很复杂。首先要选用韧性强的精粉，加水和成面团，经过反复捣、揉、抻、拉、摔、掼，捋成长条，揪成茶杯粗、筷子长的一条条面节，可根据食客的需要拉出粗细不同的面条。

拉面是个绝活，一个面节正好拉一碗面，每拉一下在手腕上回折一次，拉到最后，双手上下抖动几次，这样面条才能更柔韧绵长，粗细均匀。看拉面师傅拉面就像在欣赏杂技表演，面拉到最后时"一拉一闪"，又仿佛舞蹈演员在挥舞彩带。

一碗地道的兰州牛肉面很劲道，面条细而不断。

兰州人吃牛肉面讲究"过午不食"，因为牛肉面的汤经过一夜熬制，早上是最鲜美的，所以大多数兰州人喜欢早上吃牛肉面。

兰州牛肉面种类多，在兰州面馆里，你会听到食客说："师傅，来个韭叶子！""来个毛细！""下个薄宽！"

简单地说，兰州牛肉面大体可分为圆形面、扁形面、异形面3种。圆形面又可分为毛细、细面、三细、二柱子；扁形面分为毛韭叶、韭叶、薄宽、大宽；异形面分为荞麦棱、空心面、四棱子。粗细不同、宽度不同、形状不同的面条口感也不同。

如果你喜欢吃扁面，就可以选择大宽、薄宽或韭叶。具体来说，大宽约两指宽，薄宽约一指宽，韭叶则如韭菜叶子宽。个人觉得大宽片大较厚、有嚼劲，但难入味；薄宽、韭叶都不错，厚薄适中，既有嚼劲，入味又好。

吃兰州牛肉面听起来似乎有点复杂。兰州的朋友给我总结了一个公式：一份私人定制的牛肉面 = 牛肉面粗细 + 分量大小 + 辣子多少 + 蒜苗多少 + 肉 + 蛋 + 小菜。

兰州的朋友对我说："出了兰州，牛肉面就不地道了！"我当时不以为然，这次到兰州采访，走访了几家牛肉面馆，吃了几碗兰州牛肉面，我明白了朋友话中的意思。

兰州西关十字街有一家马子禄牛肉面馆。早晨7点多，这家面馆便坐满了前来吃面的人，店里干净明亮，面价格实惠。

马子禄牛肉面是兰州牛肉面的名片，其在继承传统加工工艺的基础上，历经三代人100多年的发展，成了如今知名的"中华老字号"。

　　兰州牛肉面不仅好吃、便宜，而且荤素搭配得当。我们点了一碗毛细，用筷子挑起入口，面条爽滑筋道，油辣子颜色红亮，辣而不燥，萝卜蒜苗点缀，牛肉汤浓郁醇香。

大连烤肉

大连不仅是著名的海滨城市，而且是全国闻名的"美食之城"。大连人对烧烤的热爱可用痴迷来形容。

在大连，万物皆可烧烤，味道随心所欲。大连大街小巷的烧烤店鳞次栉比，各式风格应有尽有，来自天南地北的食客在大连都能找到自己爱吃的烧烤。

春夏秋冬，一年四季，傍晚时分，来自烤肉店和烧烤摊的烤肉香弥漫在整个城市。在大连，每个人都有一家自己心仪的烧烤店，独食、会友皆可。

大连人认为，吃烤肉不喝啤酒就像吃饺子不蘸醋。在大连吃烧烤，无海鲜不地道，无烤肉不成欢。烤盘上龙争虎斗，老饕围绕，肉汁吱吱作响，无不欢愉。

2021 年的夏天，我专程到大连寻找美食，朋友带我到了一家叫坛子李的烤肉店，品尝了这里的特色烤肉。

烤牛肋条

寻味人间

老李是大连的美食达人，据他介绍，在大连众多的烧烤中，坛子李烤肉店一开业便是大连烧烤界的领跑者，人气旺，自创办以来，开了40多家分店，是当之无愧的"烤肉之王"。

　　走进坛子李烤肉店，独特的"废墟风"装修令人耳目一新，残垣断壁、破损的墙体，仿佛置身一场战争，粗犷别致。

　　在坛子李烤肉创始人金基太看来，这家烤肉店塑造的是一种全新的生活方式、一种生活态度，更是一种时尚和潮流。

　　烤牛肋条是坛子李烤肉店的招牌菜，其以鲜、香、嫩俘获了大批食客。

烤泡椒肥牛

牛肋条从坛子里拿出来的那一刻，只看一眼就吊足了我的胃口。

牛肋条在烤网上炙烤，冒着青烟并散发出诱人的香气，烤至两面变色，然后将其剪成约2厘米长的小段，继续烤1分钟就可以享用了。鲜是特性，香是特色，嫩是特质，给人带来强烈的视觉、嗅觉、味觉冲击！

牛肋条有种与生俱来的美，筋有细肥，花色强群，每根牛肋条都经过了特殊的断筋处理，使得牛肋条肉质紧实而富有弹性，口感格外嫩，鲜嫩的汁液在唇齿间跳跃，有嚼劲，香气绕舌！

泡椒肥牛，精选肉质上乘、晶莹剔透的牛肉薄片，大理石般的花纹透着诱人的鲜美，秘制的泡椒酱涂抹在牛肉上，红绿交相辉映。

高温炙烤，让美味升华——酱汁一点点渗透牛肉，泡椒酸爽，牛肉焦嫩，肉汁裹着酱汁在舌尖碰撞。

厨师告诉我，泡椒肥牛一定要在铁板上烤，泡椒酱是灵魂，蘸料会掩盖它的一些特色，所以不蘸酱就很好吃。

该店秘制的"牛五花"也很有特色。肥瘦相间的上等鲜牛肉切成薄片，烤熟后抹上秘制酱料，"牛五花"在酱汁的浸润下香气诱人，鲜嫩可口。

新西兰小羊排进店必点。精选优质的新西兰羊排，薄厚均匀，炙烤时反复翻烤3~4次即可食用，羊肉没有膻味，口感微甜。

芥籽烤青虾也很有特色，将青虾从中间一分为二，虾肉上铺满酱料和鱼子酱。炙烤时在烤盘上涂少许黄油，以使青虾的味道更加香浓。烤好入口，芝士的浓郁、虾肉的Q弹、芥籽的清香融为一体，香味浑然天成。

烤肉在大连已经成为一种地域符号和饮食文化。

来到大连我才真正体会到，吃烤肉真是一件"五感"俱全的事，听着炭火上吱吱的响声；看着一块块鲜肉慢慢收缩，由红变灰，由生变熟；闻着烤肉诱人的香味大口吃肉，大口喝酒；安享其中。

长沙臭豆腐

臭豆腐（臭干子）是一种传统的美食，有"闻着臭，吃着香"的说法，几百年来一直备受人们青睐。长沙的臭豆腐可以说是声名远播，是湖南的特色小吃。

长沙臭豆腐以优质黄豆为主料，经过浸泡、精洗、磨浆、煮浆、凝固、成型切块、浸卤、发酵等多道工序制作而成，制作方法独特，属传统发酵绿色食品。清蒸香嫩细肥，油炸外脆里酥。

长沙臭豆腐分为臭豆腐干和臭腐乳，都是很流行的风味小吃。臭豆腐虽小，但制作工艺较为复杂，在整个制作过程中，要求一直在自然条件下进行，而且对温度和湿度的要求较高。它的制作食材豆腐干本就是营养价值很高的食品，蛋白质含量可达20%，与肉类相当，此外，还含有丰富的钙。经过发酵，其中的蛋白质分解为各种氨基酸，可以增进人的食欲。臭腐乳的饱和脂肪含量很低，不含胆固醇，含有大豆中特有的对人体有益的大豆异黄酮。

中国很多地方都有臭豆腐，长沙臭豆腐的不同之处主要在卤水，其卤水是用八角、冬笋、豆豉、香菇等几十种材料浸泡发酵而成的，卤制时将豆腐、冬笋、豆豉、香菇等原材料放入卤水，让它们自然发酵成臭豆腐胚，这样制作的臭豆腐生胚质地细嫩，黑如墨、香如醇、嫩如酥、软如绒，非常好吃。在长沙，制售臭豆腐的店铺随处可见。

长沙的朋友告诉我，要想吃到正宗的长沙臭豆腐，就要去长沙坡子街、太平街、南门口小吃街、都正街等，到那绝对让你一饱口福。

坡子街我去过几次，很远就能闻到臭豆腐独特的气味。坡子街位于长沙天心区，是长沙古老的街巷之一，也是长沙颇有名气的小吃街。古朴的街道边都是饭馆和小吃店，最具代表性的就是

　　　　　　　　　　　　　　　寻味人间

火宫殿，它是坡子街的灵魂，也是长沙小吃的灵魂。

　　每次到坡子街，我就会边逛边吃，从街头吃到巷尾。这条街上会集了火宫殿、新华楼、四喜馄饨、文记四合一等长沙老店，在这里，你可以吃到正宗的臭豆腐，还能品尝到口味虾、糖油粑粑、白粒圆、米粉、红烧猪脚等。

　　我在坡子街品尝过老长沙臭豆腐，其颜色墨黑、表皮焦脆、内部嫩滑，焦脆而不糊，细嫩而不腻，初闻臭气扑鼻，细嗅浓香诱人，味道鲜美，有豆腐特有的香味。

　　文和友豆腐店里有一种名叫黑金熔岩的臭豆腐颠覆了我对臭豆腐的认知，它的生胚不是常见的黑色，也不是白色，而是泛着淡淡的绿色。

老板介绍，豆腐生胚要用油炸两次，为了尽量保证它的原汁口感，直接蘸特制的辣椒面食用即可。

我吃了一口，发现它外皮酥脆，豆香浓郁。仔细询问才知道，这种臭豆腐的生胚制作用的是东北优质大豆，用纯净水浸泡，不以石膏、卤水为凝固剂，用的是自然发酵的酸浆。豆腐用白开水煮一会儿还原成豆浆，油炸会使豆腐心受热融化成浆汁，其高蛋白、低嘌呤。

坡子街的一位做臭豆腐的老板向我道出了长沙臭豆腐好吃的秘诀：豆腐下锅的时机、翻面的速度决定了臭豆腐的酥脆口感。

臭豆腐炸出"圆肚子"后，老板熟练地将其夹起，在圆肚子上戳个洞，浇上特制的酱料，佐以香菜、葱、蒜、辣椒酱、酸萝卜，

寻味人间

一口咬下去，外脆里嫩，臭味若有若无、豆香浓郁，令人回味无穷。

一份炸得外酥里嫩的臭豆腐是人们对长沙美食的印象。轻轻一咬，汤汁瞬间在唇齿间蔓延，酥脆的外皮上似乎还有油汁在跳跃。这是一种长沙味道。

外脆里嫩的长沙臭豆腐在这万花齐放的城市，保持着自己独有的魅力！

茉莉飘雪

茶是国饮，饮茶是中国人日常生活中不可或缺的一部分。作为爱茶之人，我喜欢喝红茶，春夏也会喝茉莉花茶，以缓解工作压力，提神解乏。

　　茉莉花茶是典型的花茶，很多北京人都爱喝，甚至将其当作口粮茶。所谓"京味儿"，肯定少不了那一缕茉莉花香。

　　柿子树上挂着鸟笼，树荫下躺在藤椅上听收音机的老大爷正悠闲地举着小茶壶一口一口啜着茉莉花茶，一幅画面将老北京人从容自得的生活描绘得淋漓尽致。

　　从清代起，北方人就喜欢上了喝茉莉花茶。汪曾祺说，北京人习惯把茉莉花叫作茶叶花，觉得只有花茶才算茶。

　　品质好的茉莉花茶中没有一瓣茉莉花，仅凭人工将茉莉香气窨入茶胚，一个人一双手，一个夏天，只能制作百余斤手工茉莉花茶。

　　高品质的茉莉花茶对茶坯选择非常讲究，要经过包含鲜花采摘、伺花、窨制、茶花分离、烘干等的"七窨茉莉花"工序，每次窨制后都要进行烘干、摊晾，以去除多余的水分。几天后再进行复窨，一般到最后一次窨制时，茶叶中的水分就所剩无几了。

　　所以，完成一次"七窨茉莉花"的工序差不多要一个月。窨花的次数越多，难度和成本越高，茉莉花香也会越浓郁，渗入茶骨，这就是茉莉花茶的魅力所在。

　　中国茉莉花茶大师林乃荣定义了什么是"顶级茉莉花茶"：如果你喝的茉莉花茶的香气跟茉莉花一样，那就是顶级的茉莉花茶了。

　　想要完全还原茉莉"轻盈雅淡，初出香闺"的香气可不是件易事。现在，随处都可以买到茉莉花茶，价格差异很大。有时买到的茉莉花茶不仅没有盈满房间的香气，而且入口的茶汤也颇为

　　　　　　　　　　　　　　　　　　　寻味人间

苦涩。其实，茉莉花茶听起来普通，但制作起来要下一番功夫，不仅要投入大量人力，而且要投入大量的时间。在这个讲速度和效率的时代，窨制一杯香气馥郁的茉莉花茶着实难得。

近年来，制茶、饮茶方式变革，市场上涌现了饮用方便的花香袋泡茶、气泡茶、鲜果茶，这些茶饮新形式打开了年轻人的消费市场，而且认可度很高。

我听朋友说，北京市朝阳区有一家独特的茶饮店，其不仅用顶级茶叶制成了"花香袋泡茶"，而且以茶水创制了一系列饮品，赋予了茶新的生机。其还用茉莉花茶制成了香氛，供顾客体验选购。

该店坐落于热闹的朝阳区大悦城商圈。整个屋顶设计成了一片茶叶，延伸出绿色的屋檐，看起来清新别致，在闹市中为人提供了一方恬静的休憩之所。

我点了一杯名字很有诗意的"茉莉飘雪"。

几分钟后，店里的茶艺师就把茶送了过来。我端起茶杯，尚未入口，一股茉莉花淡雅的香气扑鼻而来。

香气坦荡悠长，一下就击中了我。茉莉花茶悠悠的香气随着氤氲的蒸腾，驱散了冬日的沉闷，冲破了干燥的空气，像从乌云缝隙散落的一道光，要

"茉莉飘雪"

把人从昏昏沉沉中的冬天叫醒，恍如春已至。品一口，香气入魂，仿佛喝了一口春天。

据茶艺师介绍，茉莉飘雪花香袋泡茶看似简单，其实窨制工序非常复杂，这一杯"茉莉飘雪"注入了制茶人无尽的心血。

茶坯是茶香的载体，其决定了茶能够吸收香气的程度。"茉莉飘雪"选用清明前单芽烘青绿茶为茶坯，其芽叶饱满丰盈，吸附香气的能力强。窨制1斤茉莉花茶需要消耗6斤茉莉花。

茉莉花香是茉莉花的灵魂，但茉莉花是有性格的，其对于温度和湿度的要求很高。如果茉莉花成熟度不够，花开不好，就不能充分吐香，从而导致茶叶吸香也不达标。所以，窨制上乘的茉莉花茶要看天气、等花期。为了采摘到符合标准的茉莉花，需要长时间等待。

茶艺师告诉我，为了制作这款"茉莉飘雪"，他们会等到暑伏的晴天采摘饱满的茉莉花苞，经过评级、过磅、验收、摊晾，到晚上开始养花。通过堆花提升温度催花开，同时为了避免花出现缺氧的情况，要再摊薄。反复数次，促进茉莉花的开放。只有当花的开放率超过90%，花瓣展开呈虎爪状才算达标，这时窨制即可开始。

所谓窨制，就是将茶坯与刚开放的鲜花混在一起，鲜花吐香，茶坯吸香，茶香与花香融合。茶坯和鲜花的一次融合被称为一窨。只有充分窨制才能达到"花香入骨"的韵味，而窨制正是造就茉莉花茶香气的时间魔法。

窨制的过程要细心，时刻关注花和茶坯的温度，堆温升高到一定程度就要通风。一是为了降低堆温。二是能够使花和茶坯"呼吸"新鲜空气。三是让茶坯与花更充分地接触，让茶坯充分吸收花香。基本上到第二天上午八九点的时候开始进行茶花分离，

一次窨制至此基本完成。一窨历时近 12 小时，而我手中的这杯经过了 8 次窨制。

如今有很多人造香气。据茶艺师介绍，他们只想还原自然味道，甘愿付出足够的时间和心力呈现简单的纯粹。

把茶做好对他们来说只是第一步。我注意到，不同于传统茶舍，该店的袋泡茶陈列更像一家艺术品店。他们的茶品包装全部选用充满中国韵味的图案，配以醒目鲜艳的颜色，既富有年轻的艺术张力，又不失传统的东方之美。

据北京青春朝露茶饮有限公司董事长、未来茶浪 WILLCHA 创始人徐海玉介绍，他们研发花香袋泡茶的目的是想让更多年轻人喝到中国的好茶，所以他们翻山越岭，以严苛的标准制备，通过活性萎凋技术和五波烘焙法，让中国茶不苦不涩，同时散发出天然的果香、花香，符合年轻人的口味，因此，他们的袋泡茶名为"花香袋泡茶"，意思是"可以喝的香水茶"。

可别小瞧袋泡茶，其采用 100% 环保的天然玉米纤维做茶包，热水冲泡也不会有问题。这一个个细节让我感受到这家店为了让年轻人以他们喜欢的方式喝好茶，可谓下足了功夫。

在该店的品茶间，我发现有很多年轻人，他们手捧一杯茶，喝得惬意。

原来这家店运用了"茶水逻辑"而非饮料界通用的"糖水逻辑"，其力求用茶水创造一杯健康轻盈的茶饮，做到好看、好吃、健康，以满足年轻茶客的需求。

一杯名叫"清平乐气泡茶"的茶饮吸引了我的注意，整个瓶子设计得简洁通透，可以看出店家对于内容物的自信。这杯"新茶饮"以"茉莉飘雪"为茶底，手工打入二氧化碳，制成年轻人喜爱的气泡茶，口感清爽、气泡绵密。此外，加入鲜榨苹果汁，以调和茶的口感。其既有茶的清香，又有果汁的清甜，再加上气

大红袍提拉米苏

泡口感，灵动又奇特。

这家店里除了茶饮，还有多款甜品，都有茶的成分。店里有一款招牌茶点"大红袍提拉米苏"，只是听到这个名字，就能感受到东西方味道的神奇融合。

这款蛋糕包装简洁，去除外包装，一股独特的茶香扑鼻而来。一勺入口，舌尖先感受到无糖可可粉的浓郁，紧随其后的是顺滑的马斯卡彭芝士，融合了浓缩了10倍大红袍的香气，口腔内茶香、乳香、略带焦糖的可可香混合在一起，茶赋予了这款甜品别样的味道，在扎实绵密的体验中，浮动着东方特有的轻盈感。

武汉热干面

热干面是武汉著名的小吃之一，在武汉人的心中，它远比鸭脖、小龙虾更能代表武汉的饮食文化。因为，大多数武汉人的早晨是从一碗热干面开始的，这座长江流经的城市有数不清的热干面馆，每天要消耗成千上万碗热干面。

武汉热干面用的是碱水面，并以食用油、芝麻酱、香油、红油、香葱、大蒜、萝卜丁、酸豆角、卤水汁、生抽、醋等为辅料。热干面成品色泽黄而油润，味道鲜美，既可作为营养早餐，也可作为主食。

武汉热干面与山西刀削面、两广伊府面、四川担担面、河南烩面并称中国五大名面，是颇具地方特色的过早（武汉人称早餐为"过早"）小吃。

武汉热干面的起源有这样一个故事。相传，20 世纪 30 年代初，汉口长堤街有个名叫李包的小贩，其在关帝庙一带靠卖凉粉和汤面为生。有一天，天气异常炎热，但面没有卖完，他担心面条放久变质，便将剩下的面煮熟沥干晾在案板上。他不小心碰倒了案上的油壶，芝麻油洒在面条上。李包见状只好将面条用油拌匀重新晾放。

第二天一早，李包将拌过油的熟面条放到沸水中烫了一下，捞起沥干入碗，然后加入卖凉粉的调料，热气腾腾，香气四溢。人们看后争相购买，吃得津津有味。有人问他卖的是什么面，他脱口而出："热干面。"从此，他开始卖热干面，还有不少人向他拜师学艺。

不久，武汉街头出现了很多卖热干面的小店，一直延续传承至今。

武汉热干面在码头很盛行，这里两江汇合、九省通衢，历史上是重要的水运枢纽之一，也是中国最早的通商口岸。

　　码头工人和船工天蒙蒙亮就开始从事繁重的体力劳动，因此需要一种烹制方便、味道可口、饱腹感强、价格实惠的早餐，所以热干面在码头非常受欢迎。

　　在很多人看来，热干面无非是芝麻酱拌面，并没有什么技术含量。其实，做热干面是水磨工夫，每一步看起来很简单，但稍有差池，就会影响面的品质和口感。

　　做武汉热干面的店铺要卫生、厨子要正宗、原料要地道、调料要上等、配菜要天然。正宗的武汉热干面的面条是发黄的碱面，前一天晚上要煮至八分熟，捞起来沥干水分后抹香油拌匀晾凉。

武汉热干面的调料

武汉热干面

在武汉的热干面馆内一般都有一两台大电风扇，凉的面要不断地
掸起，用电风扇给面降温。第二天一早，将热干面放到开水里烫
10秒左右捞出，然后加入调制好的芝麻酱和其他调料。仅需2分
钟，一碗香喷喷的热干面就做好了，食客搅拌均匀后即可食用。

　　芝麻酱是武汉热干面的灵魂，它直接关系到热干面味道的好

　　　　　　　　　　　　　　　　　　　　寻味人间

坏。武汉人对芝麻酱的熬制可谓做到了精益求精，有些传统老字号的芝麻酱有自己的秘方。可以说，芝麻酱造就了一碗美味的热干面。

热干面的配料有 10 多种，如辣椒油、辣萝卜、五香萝卜、香油、酱油、酸豆角、食盐、鸡精、胡椒粉、醋、蒜汁、卤水汁、芝麻酱、葱花、香菜等，食客可以根据自己的口味自由搭配。

吃热干面也是有讲究的。诀窍就是要趁热快吃，否则汤水被碱面吸收，面条就没了嚼劲，而且干得难以下咽。

在武汉吃热干面，站着吃、蹲着吃都不足为奇，还有人端着面边走边吃，吃完面精神饱满地开始一天的工作。武汉人的急脾气从吃热干面就能看出来。

食用前要趁热把面拌匀，芝麻酱全糊在面上，芝麻酱香气浓郁扑鼻。很多武汉人在吃热干面时喜欢配一杯豆浆或一碗蛋酒，边吃边喝。否则就会觉得干，也就吃不出热干面的美味了。

武汉热干面有很多种，但哪种热干面最好吃并没有标准答案。外地人到武汉往往会去户部巷，那里会集了各种武汉特色小吃，其中蔡林记热干面的名气较大，算是黑芝麻酱热干面的代表了，口味也比较大众。

热干面是武汉人的早餐首选，武汉人对它的感情已无须多言。单讲从外地到武汉旅游的人，他们想起武汉美食，可能最先映入脑海的就是热干面。

米粉

米粉是中国非常流行的一种特色小吃，从南到北，每个地方都有自己的招牌米粉，而且种类繁多，有排米粉、方块米粉、圆米粉、扁米粉、波纹米粉、牛肉米粉、银丝米粉、湿米粉和干米粉等，但名气较大的有湖南米粉、四川米粉、贵州米粉、广西米粉和江西米粉。如果要问哪里的米粉最好吃，那真是仁者见仁智者见智了！

作为南方人，我经常吃米粉。

米粉是以大米为原料，经浸泡、蒸煮和压条等工序制成的食品，其质地柔韧、富有弹性，水煮不糊汤，干炒不易断，配以各种菜或汤料进行煮或炒，爽滑入味，深受人们喜爱。网络上流行这样一句话：广西归来不吃粉，湖南米粉甲天下，天下米粉看江西！

米粉

寻味人间

湖南有句俗话："早晨嗦碗粉，神仙站不稳。"如果问一个湖南人："你的家乡有什么必吃的美食吗？"他的答案一定是米粉。

米粉在湖南人的心目中占据着举足轻重的位置。一人独食的时候、没有胃口的时候、不知道吃什么的时候，都可以选它，不管天热、天冷都可以吃。甚至有些湖南人一日三餐都吃粉。

二两、三两、干扣、加码、加蛋……长沙米粉的标准是一碗二两，里面有米粉、骨汤、猪油、味精、酱油、葱花、榨菜、剁辣椒、萝卜条、酸豆角、油渣等。一碗粉下肚，微微出汗，神清气爽。

湖南人吃米粉有个特点，米粉不是"吃"进去的，而是"嗦"进去的。他们对米粉的评价是："闻一闻提神醒脑，嗦一嗦舒经活络。"

长沙人一天要消耗 50 万斤米粉，地道的长沙米粉以精米磨制，以切粉为主，经蒸煮、起皮、阴干、手工切条，口感柔绵、嫩滑有韧性，夹起不断、嗦嗦入口、香爽至极。

俗话说："四川人不怕辣，湖南人怕不辣。""辣"是湘菜的特色，米粉也是如此。辣也与湖南人直爽的性格相得益彰。

在湖南，每个地方都有自己的特色米粉，正所谓"一方水土一方味"。长沙米粉分为圆粉和扁粉，扁粉柔软顺滑，圆粉 Q 弹有嚼劲，大多数长沙人偏爱扁粉，因为扁粉更入味。

长沙米粉配菜多，当地人称米粉的配菜为"码子"。"码子"分为"盖码"和"炒码"。所谓"炒码"即现点现炒；"煨码"则是事先准备好的配菜。

长沙米粉上盖的"码子"可谓五花八门，有 40 多种，当然少不了鸡丝、菌油等，整体而言，长沙米粉的烹饪注重原汁原味、

长沙米粉

浓淡分明。

我观察发现，小火慢煨的肉丝、剁椒、酸菜和萝卜丝是长沙米粉的标配。而长沙米粉的灵魂是汤。

在长沙有"汤鲜码热"之说，意思是鲜甜的米粉汤汁是用新鲜的猪筒子骨、老母鸡慢慢熬制的。

每次到长沙，我很少在宾馆吃早餐，而是去街头餐馆吃一碗米粉。最近一次去长沙是 2021 年 5 月，这次我在五一广场的甘长顺面馆吃了一碗鸡丝火米粉。

朋友介绍说，甘长顺是"中华老字号"，也是长沙米粉的代表。甘长顺创始于1883年，见证了长沙由"面"到"粉"的转变，其"盖码"种类繁多，承载着长沙人记忆中的老味道。"四水三湘眼底藏，千丝万缕锅中沸"说的就是甘长顺米粉。

鸡丝火米粉味道独特，入口如春雨，丝丝分明、条条顺滑，嗦一口，伴着口感丰富的码让人直呼过瘾，其汤以深山老母鸡和金华火腿为主材料文火慢煨12小时制成，配上葱花和玉兰片，入口鲜滑香嫩、汤鲜味醇。

贵阳米粉的特色是麻、辣、鲜、香、酸，油而不腻，吃一口酸辣开胃。

鸡丝火米粉

贵州人除了吃辣，还极爱吃酸，这种酸并不是醋酸，而是发酵产生的酸，比醋的酸味要浓烈，刺激着食客的味蕾。

地道的贵阳酸汤粉，米粉劲道Q弹，酸汤鲜辣香酸。酸汤粉的后味比较辣，嘴里像有火在升腾。

贵阳人口味较重，爱吃酸和辣。他们吃米粉时喜欢配一杯红豆汤，汤是温热的，汤底的红豆是凉的，加入芝麻、花生碎，看着寡淡，却很解辣，也不会影响粉的味道。

江西米粉品种多样，有南昌拌粉、鹰潭牛肉粉、抚州泡粉、赣州薯粉、吉安贡粉、萍乡炒粉、九江炒粉、景德镇凉粉、宜春

贵阳酸汤粉

炒粉等十几种。应了那句"乡乡有米粉，县县不同味"。

南宋文学家楼钥在诗中写道："江西谁将米作缆，捲送银丝光可鉴。仙禾为饼亚来牟，细剪暴乾供健啗。"可见，宋代的江西米粉已经做得炉火纯青了。

江西米粉制作比较烦琐，大米经过浸泡、发酵、磨浆后用石块压5小时，蒸煮后用机器压成米粉。

江西米粉最大的特点是有韧劲、软糯Q弹。因为江西米粉是以晚熟籼米为原料的，其米粒细长、质硬粒多、油性较大、有韧性，由其制作的米粉才能"嗦"得起来。"嗦"一口粉，味道鲜

鹰潭牛肉粉

美，直击食客的心底。

有数据显示，江西米粉年产量 140多万吨，日消费量超过 1000 吨，全省有近 3 万家米粉餐饮门店，出口量占全国米粉出口量的 60%以上，无论是生产、消费，还是出口，江西都是名副其实的米粉消耗大省。

江西米粉的烹制方法多达数十种，拌、烫、煮、炒、泡……不同的烹制方法带来不同的口味。丰富的配料裹住细细的米粉，散发着诱人的气味。

江西人每天的生活是从一碗鲜辣爽口的拌粉开始的，再配上一碗味道醇厚的瓦罐汤，吃粉喝汤，相得益彰。

南昌炒米粉很有特色，用大铁锅，开猛火，新鲜的小米辣、蒜末和牛肉一起入锅爆炒，味道烹出来了，当米粉挂上了酱油色即可出锅。寒冬的清晨，吃一碗冒着热气的米粉，喝一碗咕嘟咕

南昌炒米粉

嘟冒泡的热汤，惬意又温暖。朴实的米粉，家常的味道。

　　俗话说：最绵长的乡愁是家乡美食，回故乡最短的路径是从嘴巴到胃。在中国，乡情可能就凝结在一碗米粉里。

牡蛎

牡蛎，一种浓缩了大海气息的贝类，是人们眼中的美味，倍受食客青睐。

牡蛎，又名生蚝、海蛎，是一种生长在沿海浅滩的美食。闽南人都知道，牡蛎作为一种优质的贝类，不仅肉质鲜美，而且具有较高的营养价值，富含蛋白质，吃起来既健康又美味，素有"海洋中的牛奶"之称。

中国培殖牡蛎已有 2000 多年的历史。唐代诗人李白曾有"天上地下，牡蛎独尊"的诗句。清代福建总督李鹤年在诗中赞叹："蛎房风味胜江瑶"。

提到牡蛎，不能不提福建厦门。厦门是个"筷子能伸到海里"的城市，靠山吃山，靠海吃海，吃海鲜对于厦门人来说可谓近水楼台。

牡蛎

寻味人间

厦门气候温和，夏无酷暑，冬无严寒，海水水质优良，非常适合牡蛎的生长。与其他地域的牡蛎相比，厦门的牡蛎个大肉肥、肉质紧致、味道鲜美。

　　厦门人爱吃牡蛎，吃法也有很多，可以蒸、煮、炒、炸、烤，甚至可以生吃。

　　厦门海边的烟火气莫过于烤架上热气腾腾的蒜蓉牡蛎煎（又名牡蛎酪），在咸湿的海风中夹裹着蒜蓉的焦香，啜一口汁水，和着葱叶一起下肚，再来一瓶啤酒，这才算有了专属于厦门人吃牡蛎煎的仪式感。

　　牡蛎煎是厦门的经典美食，是地道的厦门味道，也是游客打卡的必点美食。很多厦门人下班后会去海鲜市场买一份肥美的牡蛎，自己动手烹制牡蛎煎，这是件很惬意的事。在厦门，无论是

烤牡蛎

正式宴席还是家常便饭，都少不了牡蛎煎的身影。

用最新鲜的牡蛎做牡蛎煎是基本要求，一般牡蛎都是现捞、现开、现做、现吃，菜市场随处可见挥舞着小铲子开牡蛎的场景。

新鲜的牡蛎肉在地瓜粉与鲜鸡蛋的保护下煎制，能打开你的味蕾。鸡蛋、牡蛎在地瓜粉的巧妙融合下，浑然天成，蛋皮酥脆，牡蛎滑，蛋中有牡蛎，浓鲜中泛着甘甜，其以柔美攻克了万千食客。

在厦门流传着一个关于牡蛎煎的故事：1661 年，荷兰军队占领了台湾省南部，当时的军事家郑成功慷慨激昂地说："台湾自古以来就是中国的领土，绝不允许侵略者横行霸道。我们一定要收复祖国的宝岛台湾！"1661 年 4 月 21 日，郑成功率领 25000 名将士，乘 350 多艘战舰，从金门出师东征，一举夺回了台湾。

荷兰军队大败，一怒之下把粮食全都藏了起来。在郑成功为粮食的事情发愁时，他看到了牡蛎，便急中生智，将牡蛎与地瓜粉混在一起煎成饼食用，没想到其口味鲜美，就取名为牡蛎煎。后来，几经改良流传至今，牡蛎煎成了海峡两岸人民十分喜爱的美味。

2017 年，我到厦门采访，晚上到鼓浪屿龙头路一家餐馆品尝了地道的牡蛎煎。牡蛎在铁板上煎制，煎熟后淋上香油，看着制作过程，听着滋啦滋啦的声音，让人充满食欲。

用筷子夹一块牡蛎煎，蘸上特制的辣椒酱，口感 Q 弹，软嫩脆香，甜辣鲜咸，最重要的是没有腥味，味道鲜美。

闽南人对牡蛎的钟爱由来已久，在闽南地区，男人负责出海捕捞或养殖，女人主要负责破"蚝"和加工。

破"蚝"说起来简单，实际是件很辛苦的事。女人将刀使劲插入牡蛎壳尖的缝隙，待牡蛎壳的边沿有松动感时，使劲掀开壳，白嫩的牡蛎肉便展露出来，新鲜的牡蛎肉饱含汁水，氽汤或是炒菜都是难得的美味。破"蚝"的技术娴熟，既能保证牡蛎的完整，也能保证牡蛎肉的鲜美。牡蛎富含多种氨基酸，蛋白质含量近60％。

牡蛎煎

　　闽南人对海鲜的热爱深入骨髓，尤其在烹饪方法上，融合了当地传统又独特的方式，既尊重海鲜原本的味道，又有所创新。

　　牡蛎煎是泉州人无法拒绝的一道美食，当地人称牡蛎煎为蚵仔煎。在泉州，卤面里少不了牡蛎，根据当地人的说法，卤面最重要的食材是生碱面、牡蛎、鹅菜和蒜苗，当然，再来几片牛肉和几只大虾味道会更鲜美。

　　很多闽南人至今有生吃牡蛎的习惯，一只鲜牡蛎、一个柠檬，再配点芥末、酱油，绝对能迷倒大部分喜欢海洋味道的人。生吃牡蛎饮香槟或葡萄酒，会有更特别的体验。

但生食对牡蛎的要求极高，其生长的海域必须无污染，运输过程中不能有损坏。需要提醒大家，生牡蛎味咸、涩、性微寒，所以要慎食。

腌制牡蛎，红辣椒、酱油、鱼露缺一不可。静置2小时，生抽中的蛋白质和各种配料充分溶解，不断渗入牡蛎肉，其会对味蕾形成强刺激。不习惯生吃，那就吃热乎的油炸牡蛎，牡蛎肉外面裹上面粉，入油锅烹炸，酥脆的面粉与牡蛎搭配，成了一道清爽鲜嫩的美味。

食用后的牡蛎壳不要浪费，打孔后串联起来重新放入大海，便成为牡蛎苗生长的温床，这是每位养牡蛎的人一直遵守的约定。

鸭血粉丝汤

提到六朝古都南京，有人认为这座城市没有什么特色，没有东北的豪气、没有蜀地的火辣，但走在南京城，能够感受到它独特的烟火气。

　　作家叶兆言在《南京人》中写道："南京大萝卜在某种意义上来说，是六朝人物精神在民间的残留，也就是所谓'菜佣酒保，都有六朝烟水气'。"

　　南京人自由自在，做事不急不缓，这悠闲的性格是从老祖宗那里继承的。南京人会在玄武湖晨练、在中山陵遛弯，回家的路上称二两锅贴，生活悠然自得。

南京美食街

南京人创造了极具烟火气的南京生活。南京至今保留着许多名胜古迹，与现代化的建筑共存，有一种奇妙的和谐感。

我第一次到南京时便问宾馆的服务员，南京最美味的小吃是什么？服务员脱口而出："当然是鸭血粉丝汤啊！到了南京，不吃上一碗鸭血粉丝汤，就算白来了！"

南京又被称为"鸭都"，南京人自古喜食鸭，喜欢用鸭肉做菜，有"金陵鸭肴甲天下"的美誉。

鸭血粉丝汤又名老鸭粉丝汤，是南京的传统小吃，属金陵菜，是金陵小吃中的代表，也是颇负盛名的以鸭为原料的美食之一。鸭血粉丝汤由鸭血、鸭肠、鸭肝、鸭汤和粉丝制成，并以其口味平和、鲜香爽滑的特点，以及南北皆宜的风味名扬全国。

全国各地都有鸭血粉丝汤，大多结合了各地的饮食特色进行了改良，制作过程有所不同，但不论是鸭汤的烹制，还是鸭血、鸭肝、鸭肠的制作，采用的都是金陵的传统方法，是金陵菜的代表。

为了能品尝到正宗的鸭血粉丝汤，第二天一早我便走到南京街头，发现卖鸭血粉丝汤的店铺很多，食客也不少。

我找了一家离宾馆近的鼓楼区中山南路的回味鸭血粉丝汤店。这家店干净卫生，鸭血粉丝汤配上辣椒酱和香醋，汤头鲜美，粉丝筋道、有弹性，其中的鸭肠、鸭肝、鸭血、鸭胗分量很足。鸭血的滑嫩、鸭胗的柔韧、鸭肠的爽滑、鸭肝的绵软、鸭汤的清鲜，再配上Q弹有嚼劲的粉丝，口感多样有层次。

鸭血粉丝汤好吃的秘诀是要有好汤头，不过，如果没有老鸭汤，可以用清水或其他高汤代替。鸭血和粉丝完美搭配，粉丝吸足了鸭汤，柔嫩筋道。鸭血嫩滑爽口，汤鲜味美，还有鸭肠、鸭肝、鸭肫可供食用。一碗鸭血粉丝汤，几乎把整只鸭包含其中。喝一口汤汁，吸一口粉丝，吃一块鸭血，让人不由地感叹这人间美味。

我的餐桌对面坐着一对老夫妇，两人正吃着鸭血粉丝汤和牛肉锅贴，这或许是老南京人最平实的一餐！

看到锅贴，我以为是煎饺，便问对面的大妈：这煎饺好吃吗？

大妈说："这不是煎饺，是牛肉锅贴，很好吃的。锅贴和鸭血粉丝汤是南京人早餐的经典搭配。"

牛肉锅贴是南京的传统小吃，秦淮八绝之一。南京人的早餐，一般是二两锅贴配一碗鸭血粉丝汤或牛肉汤。

牛肉锅贴以牛肉为馅料，用面皮包成细长的饺子状，放到油锅中煎至金黄色装盘即可。这种甜中带咸的小吃上部软嫩、底部酥脆，牛肉馅鲜美，滋味别具一格。

这位热情的南京大妈还给我讲了牛肉锅贴的故事。相传，北宋建隆三年春正月初一，因皇太后新丧，宋太祖不受百官新春朝贺，不思茶饭。午后他独自在宫中散步，忽然一股香气飘来，顿感心旷神怡，便寻着香气走到了御膳房，见御厨正将没煮完的饺子放在铁锅内煎。连续几天没有好好吃饭，此香气勾起了他的食欲，于是让御厨铲几个尝尝，一口咬下去，他直觉焦脆软香，非常好吃，一连吃了四五个。然后问这叫什么名字，御厨一时答不上来，宋太祖看了看用铁锅煎的饺子随口说道，就叫锅贴吧。正月十一，宋太祖到迎春苑设宴，宴席上就有这道锅贴，众臣食后倍感惊叹。后来，这道锅贴从皇宫传到了民间，又经过历代厨师的研究和改良，便成为今天的锅贴。

听了介绍，我忍不住买了三两锅贴。新鲜出锅的牛肉锅贴底

南京牛肉锅贴

部煎得金黄，个大饱满，鲜嫩多汁，焦黄酥脆。

在南京人的心中，牛肉锅贴有举足轻重的地位。鲜牛肉剁成馅儿，用面皮包裹成细长有弧度的锅贴。螺旋状码在铁盘里，被淋上的菜籽油镀上了一层金黄。在旺火的炙烤下，锅贴的外皮变得酥脆。我还是第一次吃到这样独特的美食，不禁感慨："美食在民间！"真正的美味往往藏在街头巷尾。

中国人自古就有"正宗"的说法，美食也不例外。几年前火爆全国的美食纪录片《舌尖上的中国》完美展现了中国各地的饮食文化，其中很多美味佳肴并非出自高档餐厅，反而出自一些闹

寻味人间

市小馆。到一个地方寻找当地的美食，当地人也会推荐一些小餐馆，因为只有他们知道地道的美味藏在哪些地方。

我那次去南京住了两天，虽然时间不长，但那里的美食令我难忘。不只有鸭血粉丝汤和牛肉锅贴，还有桂花汤圆、如意回卤干、红烧肉。这些经典的金陵美食以它们的外形吸引了我的眼睛，更以它们丰富的口感折服了我的味蕾。

传统的秦淮小吃重油、重糖，经过现代人的改良，别有一番风味。南京的小吃有着南京人的精致，讲究色、香、味、形，让人的视觉、味觉满是享受，品尝了美味的小吃，沿着秦淮河走一走，在灯光浆影中感受这座六朝古都的魅力。

高邮咸鸭蛋

咸鸭蛋是我们平常都会吃到的美食，由于它拥有独特的口味和丰富的营养而受到人们的喜爱。在众多品种的咸鸭蛋中，江苏高邮咸鸭蛋名气最大，享誉中外。

咸鸭蛋，又叫青皮、青蛋、盐鸭蛋、腌鸭蛋，古称咸杬子，蛋壳呈青色，外观圆润光滑，色、香、味俱佳，是中国特色菜肴。

咸鸭蛋是以新鲜鸭蛋为主要食材腌制而成的，营养丰富，富含脂肪、蛋白质，以及人体所需的各种氨基酸、钙、磷、铁、维生素等，咸度适中，老少皆宜。

咸鸭蛋的制作历史悠久，早在乾隆年间，咸鸭蛋已成为宴席上的珍品。据清代文学家袁枚所著的《随园食单·小菜单》记载："腌蛋以高邮为佳，颜色细而油多。"

当代著名作家汪曾祺在其著作《故乡食物》中就曾说过："他乡咸鸭蛋，我实在瞧不上。"

可以说，高邮咸鸭蛋作为咸鸭蛋中的佳品，古今文人墨客对它的称赞不胜枚举，其之所以与众不同，在于高邮独特的自然地理条件、优良的麻鸭品种、独特的腌制环境。

高邮湖是中国第六大淡水湖，也是江苏第三大淡水湖，湖里的鱼虾是麻鸭天然优质的食物。正是因为高邮有河沟港汊、湖泊荡滩，水质良好、生态优美，才成了麻鸭天然的饲养场。

高邮麻鸭是我国三大名鸭之一，属于蛋肉兼用型的地方优良品种，其不仅生长速度快、肉质好、产蛋率高，而且盛产双黄蛋。

高邮麻鸭个头大，天生喜欢奔跑、戏水，其潜水深，觅食能力强，一般在水网地区放养，多食鱼虾，所生的蛋蛋质细、黄油多，平均每颗质量为 80 克，比普通鸭蛋平均重 30 克。高邮咸蛋的特点是松、沙、油、细、鲜、嫩，吃到嘴里满口馥郁。

在高邮流传着这样一句俗语："山珍海味都不换，高邮湖咸鸭蛋。"很多食客都知道，好的咸鸭蛋是流油的。

高邮人最会腌鸭蛋，每年端午节前夕，每家都会腌制咸鸭蛋。腌制方法也非常独特，取当地特有的黄泥，晾晒消毒后用筛子过滤，然后加入食盐、水，以 5∶1 的比例和黄泥，之后将鸭蛋裹起来，再密封入坛。

因为黄泥中有盐，黏度也刚好，完整裹住麻鸭蛋，会使其腌制后咸度适中且均匀，腌制 25 ～ 30 天即可食用。这样制作的咸鸭蛋颜色红、油多、咸度适中，蛋白如凝脂白玉、蛋黄似红橘流丹，蛋黄绵密沙酥，咸香味美。

在鸭蛋腌制过程中，高邮人还有"独门绝技"。如为去除鸭蛋的腥味，加入适量的白酒。为避免其他微生物生长影响蛋的品质，将黄泥粉碎、晒干后使用。高邮咸鸭蛋制作技艺还被列入江苏省省级非物质文化遗产名录。

高邮地区一直有"清明节前腌咸蛋，立夏端午吃咸蛋"的习俗。因为开春后，鸭子吃的活食多，产的蛋大而饱满、营养丰富。此时的温度适宜，鸭蛋腌制更容易入味、不易腐坏，且壳中不易变空。

我在高邮采访时，一位餐馆老板对我说："您可以拒绝一只流油的北京烤鸭，但您无法拒绝一枚高邮的咸鸭蛋。"

是啊，人们对咸鸭蛋的抗拒从蛋黄暴露的那一刻就已经被摧毁了。我也爱吃咸鸭蛋，但你知道咸鸭蛋的蛋黄为什么会流油吗？

其实，鸭蛋黄里本就有油，蛋黄的 1/3 是脂肪，经过腌制，蛋白质发生盐析，缓慢变性凝固，脂肪释放后聚集为油，煮熟后剥掉蛋白就能看到蛋黄流油了。

蛋黄流油是咸鸭蛋腌好的标志，当然，并不是所有的咸鸭蛋都会流油，因为不同的蛋的脂肪含量不同。

鲜鸭蛋用盐腌制的过程中，盐分浸入蛋，降低了蛋白质在水中的溶解度，使蛋白质沉淀，这个过程被称为"盐析"。作为乳化剂的蛋白质"盐析"后会变性凝固，使那些原来分散的小油滴聚集起来变成大油滴，即成了蛋黄油。因此，咸鸭蛋煮熟后蛋黄变得油滋滋的，且由于蛋黄中含有卵黄素和胡萝卜素，蛋黄油呈红黄色。

"盐析"作用的实质是高浓度的强电解质破坏了蛋白质分子表面的水化膜，同时电解质离子中和了蛋白质的电荷，蛋白质的稳定性被破坏，使蛋白质分子相互碰撞凝聚沉淀。

但作为一个资深美食爱好者，流油的咸鸭蛋不一定是最好的。因为，鉴别一颗咸鸭蛋的品质，最重要的就是看蛋黄。"蛋白如凝脂白玉，蛋黄似红橘流丹"，上等咸鸭蛋不只出油多、色泽红润，而且咸味适中，松软、绵密、质沙。蛋黄分层，颜色由浅至深，越深入蛋心颜色越红，中间没有硬心，口感极为鲜美。

高邮人还会烤咸鸭蛋吃，我在街头买了一颗烤咸鸭蛋，鸭蛋刚破壳，晶亮的红油就往外冒，如火山岩浆喷发而出，随即，熏烤的香味扑鼻而来。

我迫不及待地啜上一口，蛋白鲜嫩细腻，蛋黄松香沙软、入口即化，鲜如蟹黄的口感蔓延到整个口腔。这种独特的吃法给人别样的体验！

咸鸭蛋与白米粥堪称绝配。高邮人在家熬白粥时，将两个咸鸭蛋的蛋白切碎撒入白粥，这时的白粥就不需要再添加其他调料了，吃起来咸香可口，营养更丰富。

高邮人吃咸鸭蛋充满了

仪式感。对准咸鸭蛋空的一头轻轻一磕，剥去此处的蛋壳，用筷子尖向里戳，刺破蛋白，触达蛋黄，一股橙黄的油从蛋里冒了出来，香气四溢，一口咸鸭蛋一口粥，咸香配清淡，美味极了！

高邮还有个习俗，端午节要吃粽子和咸鸭蛋。吃粽子是为了纪念屈原，吃咸鸭蛋可以祛毒。

俗话说"要吃咸蛋粽，才把寒意送"。因为端午过后，炎热的夏天就要来了，动植物的生命力旺盛，再加上气候潮湿，病虫细菌多，容易引发身体疾病。所以端午节吃咸鸭蛋，人们认为可以祛毒，利于身体健康。

另外，民间还有习俗称，立夏吃蛋为"补夏"，使人在夏天不会消瘦、不减体重，劲头足，干活有力气。咸鸭蛋中钙、铁等含量丰富，是补充钙、铁的佳选。

咸鸭蛋味道鲜美，大多数人可食用，是阴虚火旺者的食疗选择，但咸鸭蛋不能吃多，因为其含盐量较高，心脑血管病患者，高血压、高血脂患者要少吃或不吃，一般人食用后也要多喝水。

羊肉泡馍

提起古城西安，很多人首先会想到兵马俑、大雁塔、钟楼；提到西安美食，人们就会想到热腾腾的羊肉泡馍，它是西安著名且有代表性的美食。

羊肉泡馍是西安人喜爱的美食，它烹制精细、料重味醇、肉烂汤浓、肥而不腻、营养丰富，早晨吃上一碗热腾腾的羊肉泡馍，唇齿留香，为一天的工作储备了满满的能量。

羊肉泡馍，顾名思义就是在羊肉汤里泡掰成小块的馍，馍块被汤汁浸透，吃起来饱满又有嚼劲，吃肉、嚼馍、喝汤，一气呵成，汤汁爽滑，肉嫩鲜美，既吃得饱，又吃得好。没吃过的人可能觉得它很普通，但吃过的人就对它赞不绝口，甚至从此喜欢上它。这可不是一碗简单的羊肉汤，为什么不简单，这要从羊肉泡馍的起源说起。

相传，五代十国末期，赵匡胤因不得志而穷困潦倒流落长安（今西安）时，身上只有两块干馍，难以下咽。他恳请一家羊肉铺的店主给了他一碗羊肉汤，并将馍掰碎泡在汤里，馍软汤香，非常可口。赵匡胤后来成了宋代开国皇帝，对那顿美餐仍念念不忘，于是找到那家羊肉铺，让人如法炮制。其食用后大加赞赏，于是，皇帝吃羊肉泡馍的消息不胫而走，很快风靡整个长安，从此，羊肉泡馍就成了长安的一道美食，一路延续至今。

吃羊肉泡风靡后，百姓纷纷效仿，贩夫走卒、工匠农人吃不起馆子，便自带干粮，只要两个铜板买碗羊肉汤，把馍泡在里面，就是美美的一餐。苏东坡曾写有"秦烹惟羊羹，陇馔有熊腊"的诗句来赞美羊肉泡馍。因为从皇帝到百姓都爱吃羊肉泡馍，所以它才能流传至今。

西安人爱吃羊肉泡馍，除了有历史传承，更多的是因为其味

　　　　　　　　　　　　　　　　　　　寻味人间

道鲜美、暖胃耐饥。国内外的食客来到西安定会品尝羊肉泡馍。对西安人来说，"早上吃个肉夹馍，中午吃碗油泼面，晚上来碗羊肉泡馍，这样的日子可谓幸福满满"！由此可见羊肉泡馍在西安人心中的地位。

如今，你在西安仍能看到说着关中话，提着裤腿、挽着袖子，掌心托着一口大海碗，在马路边几分钟将一碗羊肉泡馍吃得一干二净的西安人。

提到西安羊肉泡馍，不得不提西安最有代表性的八大家羊肉泡馍馆：一间楼、鼎新春、老刘家、仪祥楼、同盛祥、黎明、老孙家、老童家。

2018 年初冬，我到西安出差，晚上朋友带我到"老刘家"泡馍店吃羊肉泡馍。

"老刘家"泡馍店位于西安北广济街。据记载，"老刘家"创始于民国二十一年（1932 年）。这 80 多年的传承，其做到了不愧老祖宗留下的基业。正如西安的朋友所说："一碗羊肉泡，肉烂汤浓吃的是一份情怀、一份传承、一份记忆。"

据说，光顾"老刘家"的食客都是四五十岁的西安人，店有两层楼。这里的羊肉泡馍配料里不仅有辣椒酱、糖蒜，还有香菜。店里的辣椒酱颜色红艳、微辣鲜咸、香味独特。

在等餐的过程中，自取一份糖蒜，再倒一碗热汤。别小看这碟糖蒜，这样的搭配是有讲究的。"羊肉泡馍＋糖蒜"一直被认为是绝配。因为肉烂汤浓，难免会有油腻感，此时糖蒜就有了解腻的作用。

外地人叫撕馍，陕西人叫掰馍。陕西人性格豪爽耿直，粗中有细，在掰馍这件事上可谓体现得淋漓尽致。

掰馍是个技术活，馍掰得粗细大小直接关乎泡馍的品相、吃法和味道。两个"饦饦馍"往往要用半个小时才能掰得颗粒细小匀称。如果想吃有嚼劲的馍，馍块可以掰大一点；想吃口感软糯的，馍块就要掰小一点。当然，你也可以不按西安人掰馍的标准，随心所欲，重在感受和体验。

我观察到，西安人一般手里拿一个"饦饦馍"，先一分为二，再二分四，之后逐块拾起，从中间对半掰成两块，然后捏在手里连撕带掐旋着掰。因为旋转着掰既能顺应馍的纹理，又不会掉渣，掰的馍粒撕面较大，能够更好地吸收汤汁，而且煮出来的馍品相干净利落，不糊不散，吃起来每一口都很均匀，饱满醇厚。

寻味人间

西安人不仅掰馍有讲究，而且吃法也很有讲究。

我第一次在西安吃羊肉泡馍时不知道从何下手，朋友给我介绍了吃羊肉泡馍的正确方法：先用筷子尖蘸一点辣椒酱，顺着碗边剥着吃，即蚕食。切记不可乱搅。因为一份泡馍端到你面前，它并没有完全熟，表面那层要比里面那层欠些火候，在热汤的作用下会慢慢熟透，所以顺着边吃，从前到后会有细微的变化。

吃羊肉泡馍要一鼓作气地把碗里的馍吃完，最后喝上一口汤，即"清口"，解油腻，然后将剩下的汤倒到碗中一口气喝完，即"刷碗"，这才是地道的吃羊肉泡馍的方法。

对羊肉泡馍而言，馍是身，汤是魂。西安每家羊肉泡馍馆都有一个秘而不宣的熬汤秘方，这是他们立于"泡馍江湖"而不败的法宝，不会外传，店里的学徒也只是学习熬汤的手法。每家味厚醇香的汤底都是现熬现卖，一般要熬 10 多个小时才可以。

羊汤是羊肉泡馍的魂，能让老西安人击节赞叹的羊肉泡馍，一定是从第一口到最后一口都洋溢着浓烈的羊脂香，每粒泡馍都被羊油的味道浸透，吃起来香味绵厚，有微微糊嘴的厚重感。

熬羊汤时，汤面会浮有一层细密的油花，店家会将这层油花撇出来，然后小火慢熬，待水分蒸发，剩下的就是羊油。从熬汤到炒馍，羊油要分几次加入。在羊汤里加羊油，目的是加重口味，炒馍的时候加羊油是为了增香。

即便有了羊油的加持，想吃一碗鲜美地道的羊肉泡馍也要把握时机。资深食客深谙此道，会赶在天大亮前守在店门口等着喝一碗头汤。

为了喝上一碗头汤，第二天一早我们就到了大皮院里的"一真楼"泡馍店。

炖得酥烂浓香的羊肉已经被捞出来放在一旁的木板上，待煮馍时切片回锅，翻飞的火舌瞬间使封锁在羊肉里的油脂味被再次激发，香气四溢。食客们吃得额角冒汗，暖意从胃升至头顶。喝完碗底的最后一口汤，起身捧着肚皮，心满意足地离开。

外地人一般不懂"掰馍两小时，吃馍五分钟"的乐趣，但对西安人来说，这是难得的趣事。

这次在西安，我不仅吃到了正宗的羊肉泡馍，而且喝到了地道的头汤，学会了掰馍。西安羊肉泡馍给我的感觉是：汤头鲜香，料重味醇，肉烂汤浓，入口即化，香气诱人。

北京特色小吃

北京作为六朝古都，北京菜吸收了满汉饮食文化精髓，皇家宫廷味与百姓饮食文化融合，所以不仅有独具京城特色的官府菜、清真菜、私房菜，还有很多传统小吃，如煎饼、烧饼、炒肝、驴打滚、艾窝窝、麻酱、灌肠等，好吃不贵，让人百吃不厌。

北京有一种特色小吃的名字很有意思，叫"驴打滚"，其成品黄、白、红三色分明，煞是好看。驴打滚名字的由来是其最后的制作工序是撒黄豆面，过程如老北京郊区的驴撒欢打滚时扬起黄土。

做好的"驴打滚"外层沾满了豆面，呈金黄色，豆香馅甜，入口绵软，别具风味。

老北京胡同里有一种传统风味小吃，名叫艾窝窝。艾窝窝是用糯米制作的清真风味小吃，其特点是色泽雪白、形如球、质地黏软、口味香甜，不只北京人喜欢吃，很多其他地方的人也非常喜欢。之前每年春节前后，北京的小吃店就上了这种小吃，一直卖到夏末秋初，现在一年四季都有。

艾窝窝由手工制作，将蒸熟的糯米揉成团，用手压出一个小窝，放入白糖和各种炒熟的干果，再揉成球，在上面点个红点或按一小块山楂糕即成。

艾窝窝吃起来香甜可口、清爽不腻，是我最喜爱的美食之一。

说起北京人最爱的特色调味料，那非麻酱莫属，北京人对麻酱的热爱就像四川人对火锅的痴迷，割舍不断、念念不忘。

早上来一碗热乎乎的面茶，一手拿碗，嘴贴着碗边，转着圈吸，碗里的面茶和麻酱一起入口，口感香醇。

正是因为北京人对麻酱的钟爱，所以有了这道民间美食——麻酱烧饼。

说起烧饼，很多人都吃过，但这种麻酱烧饼大家就不一定吃

艾窝窝

过了。制作这种麻酱烧饼就是将满满的麻酱铺在长条状的面团上，然后裹起来在烤箱中烘烤，刚出锅的麻酱烧饼散发着浓浓的麻酱香，切开后层次分明，一般有十五六层，吃起来特别酥脆可口。北京人吃麻酱烧饼的时候一般会搭配豆腐脑。

要说北京最奇妙的小吃当属"炸灌肠"，它是无肉肠，卖相虽然一般，但深受北京人喜爱，不管是胡同小馆还是老字号饭庄都有它的身影。喜欢吃炸灌肠的人不只爱它外焦里嫩有嚼劲，更爱它的蒜味儿和油香。

炸灌肠是一种北京特有的风味小吃，属于京菜。灌肠是由淀粉制作的，如红薯淀粉、土豆淀粉或绿豆淀粉，用油炸制而成。

炸灌肠的片不是在案板上切出来的，而是旋出来的，北京人在这儿用了一个"旋"字，实际上是把生灌肠拿在手里，用刀旋着切，切成一边薄、一边厚的不规则薄片，即所谓的牛头片。这一点非常重要，因为会直接影响口感。现在有人一味追求薄，且薄厚均匀，炸出来很焦，但吃起来很硬。有人片切得厚，炸不透，吃起来不脆。所以，只有"旋"出来的不规则的片，炸好后

麻酱烧饼

炸灌肠

才能既焦又嫩，浇上调好的盐水蒜汁，趁热吃，口感非常好。

炸灌肠味美价廉，但它已历经百年沧桑，其中蕴含着京城文化，体现着京城美食的魅力。

北京人非常重视早餐，早餐必须吃好。正如俗话所说"早餐要吃得像皇帝"。所以，很多北京人早餐会吃一碗地道的炒肝。

但炒肝不是炒出来的，而是煮出来的。那为什么叫炒肝呢？因为这个"炒"不是我们常说的烹饪方法炒，而是一种北京方言，即用小火慢慢煮，直到熬成浓稠的汁。汤汁油亮酱红，肝香肠肥，味浓不腻，口感浑厚，辣中带香。

根据记载，北京炒肝是由创始于清同治元年（1862年）的"会仙居"发明的，距今已有160年的历史。1956年，会仙居与天兴居合并，保留了天兴居的招牌。

1985年，天兴居炒肝的掌灶人——司德印老先生将厨艺传授给了儿子司永江。1997年，司永江代表"天兴居"参加了烹饪大赛，由他亲手制作的炒肝获得了"中华名小吃"奖。我曾慕名到北京市东城区鲜鱼口81号的天兴居炒肝店吃过两次炒肝，其味道正宗，环境也很好。

北京炒肝传承上百年，关键是"炒肝"自诞生之日起，其生命就植根于百姓，它最初是为了接济百姓创制的，卖"折箩"遇"仙人"，接济穷苦百姓，故事充满了浓厚的人情味。

炒肝做的时候很讲究，肥肠一寸长一段，北京人称之为"顶针段"，肝洗净，斜片切成柳叶状，大蒜一定要捣成泥，在秋冬的早晨，来一碗炒肝，全身暖和。

北京人喜欢喝炒肝（不说吃炒肝，"喝"比"吃"更形象生动），喝的时候有讲究，不用勺子和筷子，直接端在手上一边喝一边转碗，如果用的是小碗，就用手指托着碗底，嘴顺着碗边喝，同时手顺着方向转着碗。

一碗炒肝芡厚汤稠，如果喝不干净也不要紧，拿起包子皮贴着碗底擦一下，既不浪费，又能品味最后的"精华"，一碗炒肝喝完，碗内无剩余。

如今，炒肝店推出了"素炒肝儿"，还是原来的味道，猪肠、猪肝以面筋、豆干代替，很多爱吃炒肝的食客吃后也赞叹不已。

炒肝

第三章

儿时味道

童年吃过的美食，

就像时光的钥匙，

不经意间的舌尖触碰，

就能打开我们记忆的盒子，

那一口悠远绵长的滋味蕴含着温暖而美好的回忆，

给我们带来莫大的精神慰藉。

韭菜盒子

韭菜盒子是以韭菜、鸡蛋、面皮为主要食材制作的传统美食，是湖北、河南、安徽、山西、陕西、山东、天津等地非常受欢迎的传统小吃。

韭菜又名春香、起阳草，是春季营养价值较高的一种蔬菜。俗话说"一月葱二月韭"。"二月韭"就是农历二月生长的韭菜。作为一种常见蔬菜，在我国，从南到北、一年四季都能找到韭菜的身影。

韭菜既能当佐料，又能做菜。如韭菜炒鸡蛋、韭菜馅饺子、韭菜包子、韭菜春卷等。每年开春，头茬韭菜格外鲜嫩，人们把用韭菜做成的食物端到餐桌上，算是送给味蕾的春之礼。

人食用韭菜的历史可以追溯到古代，古时候，韭菜是让人心生敬意的祭祀品。《诗经·豳风·七月》中写道："四之日其蚤，献羔祭韭。"韭与羊均为祭案上的供品。而《礼记》中有："庶人春荐韭，配以'卵'。"卵即蛋，如此说来，韭菜炒鸡蛋历史真是久远。

用韭菜烹制的菜肴中，深受人们喜爱的有韭菜盒子。韭菜盒子表皮金黄酥脆，馅料鲜嫩，鲜香味美。

韭菜盒子是以韭菜、鸡蛋、面粉等食材制作的一道美食，同时，在中国的很多地方，韭菜盒子还是春节必吃的一道美食，我国北方就有"初一饺子初二面，初三的盒子锅里转"的说法。

我也爱吃韭菜盒子，别的不说，仅凭鲜绿的韭菜，热气腾腾的面皮，映着黄澄澄的鸡蛋，就足以让人垂涎。刚端上桌的韭菜盒子面皮金黄油亮，细细的油泡还在吱吱作响，一口咬下去，浓烈的鲜香伴着丰盈的汁水涌入口腔。

韭菜是很多人喜欢的一种蔬菜，记得小时候，每当冰雪消融，远山渐绿，我就会格外留意家门口的菜园。初春正是吃韭菜的最佳时节，尤其是春季的头茬韭菜，绿叶鲜嫩，味道浓郁，鲜香清爽。

记得小时，每当母亲从菜园里割一把韭菜烙韭菜盒子，我都满眼期待地等着。

母亲先用温开水烫面粉，搅拌成面絮后加入一勺食用油，然后揉成光滑的面团，盖上毛巾醒面半小时。面醒好后就开始擀面皮，将小面团擀成圆形薄片。将切细的韭菜和蛋碎调味拌匀后包入面皮，将面皮对折捏紧，再用大拇指和食指沿着边缘推出花边，不一会儿，一盘韭菜盒子就包好了。

接下来热油下锅，韭菜盒子被煎得两面金黄，香气弥漫了整个屋子。

刚出锅的韭菜盒子最香，让人忍不住想大咬一口。母亲对我说：千万别急，心急吃不了韭菜盒子。先用筷子在韭菜盒子上扎一个小口，放一放里面的热气再吃。

也不知道是韭菜盒子太香，还是对于吃韭菜盒子的儿时记忆太美好，年复一年，无论自己身在何处，春日吃一顿韭菜盒子成了我迎接春天的仪式。

长大后，走的地方多了我才发现，原来韭菜盒子的味道也是有很多种的。有些地方喜欢加点猪肉，这样吃起来更饱满多汁；有的地方喜欢加新鲜香菇，这样的韭菜盒子除了鲜香，口感还多了几分层次。

中国人做菜讲包容，白菜、萝卜、韭菜、豆腐都可以做成馅儿，可以包成包子或饺子，唯有韭菜盒子好像是韭菜的专利，其中无论加什么，韭菜盒子里韭菜永远是当仁不让的主角。

韭菜盒子制作简单，但要做到外皮酥脆，馅料鲜香美味也是有诀窍的。

做韭菜盒子最好用温开水和面，冷水和面做出来的韭菜盒子表皮硬，开水和面做出来的韭菜盒子吃起来黏牙。用温开水烫面做出来的韭菜盒子的外皮不仅柔软，而且不黏牙，即使放凉了，皮也柔软如初。和好的面要醒一下再包，醒面可以使面团组织充分延展，这样在包的时候就不容易破皮。韭菜要择洗干净，沥干水分后切碎。鸡蛋要用筷子搅打均匀，使鸡蛋清和鸡蛋黄充分融合，下锅炒至七分熟。拌馅时，先加入一勺食用油拌匀，以锁住韭菜的水分。煎的时候一定要先预热平底锅，在锅中加一点油，把韭菜盒子胚放到锅中，小火煎至两面金黄就可以出锅了。

几个韭菜盒子下肚，抚慰了心灵，唤醒了思绪。择时而食，本是件极为平凡的事，但因有与关美食记忆的微妙作用，便与众不同。

酸菜

酸菜是人们日常生活中的开胃菜、下饭菜，也可以作为调味食材制作美味。

酸菜有东北酸菜、湖北酸菜、湖南酸菜、四川酸菜、云南富源酸菜、贵州酸菜等，不同地区的酸菜口味也不同。

我们常吃的酸菜是用大白菜或青菜做的。酸菜的烹制方法也非常多，可以炒、凉拌或烫，开胃又下饭。

每年入冬，湖北随州人和很多北方人一样，都要腌酸菜。

提到酸菜，我就会想起儿时母亲腌的酸菜，想起那熟悉的味道。在那个年代，农村家家户户都离不开酸菜，酸菜是秋冬季餐桌上的常客。

记得小时候，每年秋末冬初，菜园里的大白菜经过霜冻就会变得更加甘甜，此时是腌酸菜的最佳时机。母亲将大白菜挑回家，放在柴堆上晒几天，然后去掉大白菜的老叶、老帮、菜根等，清洗干净后将大白菜从中间剖开，切成两瓣，抹上盐，然后一层一层地码在大缸里，最后把洗得光洁圆滑的大青石压在白菜上，再缓缓注入凉开水，直到水没过白菜为止。

一周后，缸里的白菜便会沁出很多汁水，往往会淹没压菜的青石，细白的泡沫也会浮起来，这时母亲就会将浮沫撇去。

腌制 15 天后，脆嫩的酸菜就可以吃了。揭开缸盖，一股浓烈的酸味散发出来。这样腌制出来的酸菜黄亮、有韧性、脆、口感好。

在我的印象中，母亲每年都要腌制一大缸酸菜，一直能吃到第二年春天。刚腌好的酸菜，母亲会切一颗用蒜苗炒着吃。

平时，母亲把酸菜切成细丝，撒上一些辣椒面，加入其他调料凉拌，脆生生，油黄黄，鲜美爽口，酸咸香辣，隐约中还有一

丝甘甜，配一碗粥或米饭，一家人吃得有滋有味。

我记得当时过年，生产队会给每家每户分几条鱼，母亲就会给我们做酸菜鱼解馋。

现在，我虽然不住在乡下了，但每年依然会用老方法腌一小坛酸菜。当然，腌酸菜要掌握一些秘诀，想要酸菜又酸又脆、不霉不腐，下面两个步骤不能少。

一是腌酸菜时，把洗干净的大白菜切开，用开水烫1分钟，这样做主要是为了杀菌消毒、保证温度、促进发酵，而且需要腌制的时间比较短，味道也比较可口。

二是要把腌菜的缸清洗干净。酸菜腌制是一个发酵过程，过程中有任何污染都会造成发酵失败，所以在腌制前一定要做好清洁工作，所用的菜板、刀、缸等都要无水无油，尤其是油。腌制时最好用粗盐，加少许白酒和白醋，这样可以防止霉烂。

　　乡亲们常说，酸菜吃一口就能让人记住一辈子。对于吃酸菜长大的我来说，酸菜不只是一种乡村美味，更是一种情思寄托，随着年岁增长，乡愁变得越发浓烈。对我而言，酸菜蕴含了太多儿时记忆，更珍藏着对母亲深深的思念。

手擀面

手擀面是面条的一种，因面条以手工擀制，所以被称为手擀面。手擀面爽滑筋道，比普通挂面有嚼劲，很多人都喜欢。

　　面条起源于汉代，流传近千年，其中，手擀面以其独特魅力在中华美食中占有一席之地。手擀面又叫大刀面，原产地在河南兰考的南彰乡，至今已有100多年的历史，因其独特的风味堪称"中华一绝"，是现代很受欢迎的一种民间特色小吃。

　　制作手擀面的工序比较复杂，且要掌握一些技巧。制作手擀面的面粉最好是高筋面粉，也可以用中筋面粉替代，低筋面粉不适合做手擀面。用高筋面粉做的手擀面筋道，用中筋面粉做手擀面在擀制时更容易，可以通过加入鸡蛋增加成品的劲道口感。

面团

　　　　　　　　　　　　　　　　　　　　寻味人间

都说北方人普遍爱吃面食，但在湖北长大的我也对面食有特别的喜好，尤其对手擀面情有独钟。

我母亲做手擀面很拿手。她经常说"软饺子硬面条"，手擀面好吃与否关键在和面，面要和得硬一点，吃起来才筋道。母亲做的手擀面一直是我最留恋的味道。

小时候，在母亲擀面时，我和妹妹边看边学，一段时间后基本上学会了擀面条，但始终没有母亲做的好吃。

我大概 15 岁开始学做饭，难学的是擀面条。夏天放学回家，我和妹妹经常一起做手擀面，想着母亲和面的情景，我努力将面和到最硬，但每次不是硬得擀不开，就是软得粘手又粘案板。平时看着面团在母亲手中轻松自然地变幻，在擀面杖下一点点变大变薄，我一时找不到头绪。

俗话说，一回生二回熟。慢慢地，我和妹妹也总结了一些经验：擀面时两手用力要均匀，左右移动有顺序，要经常翻转面皮，不能在一个地方擀起来没完。

做手擀面有和面、擀面、切面 3 个步骤，每个步骤都要掌握好，要多做多练，才能擀出一手好面。

和面前，要根据用餐人数确定面量，那时我家有 6 口人，按人按量和面。做手擀面时，把握好面和水的比例，一般为 500 克面粉对应 150 克冷水。

和面时，先将面粉倒进面盆，按比例淋入一碗水，用手不停地搅拌，把面粉拌搓成面絮。然后两手用力把面絮揉在一起，如果面硬了，用手指沾些水淋在面上；面较软时，再适当加些面粉。和面时适当加盐，可以增加面的韧性。

面和好后，在案板上洒一层面粉，把面团从面盆里拿起来放

在案板上，盖上保鲜膜醒一会儿。10分钟后，面团变得晶莹玉润，像一块浸过水的白玉石，这说明面"醒"好了。

擀面时，从面团中间开始，擀面杖要转着碾压，待面块擀制到一定程度，将面卷在擀面杖上，并用力反复向外推卷，反复几次，将其展开，撒上适量的面粉后从另一个方向把面片卷在擀面杖上，重复几次上述动作，直至将面团擀成一个又圆又大的薄片。

这样，一个锅盖大小、轻薄如纸片、透明如玉的面片就擀好了。将面片层层叠起来，折叠成中间高、两头低的长条状，然后开始切面。

切面时，左手轻按在折叠的面饼上，右手的菜刀贴近左手弯起并拢的指关节，向后均匀移动，一刀一刀切下去，并随手抓起抖开，晾在案板上。

切面条也是母亲的绝技，她左手四指并拢，弯成90度，右手握刀，垂直贴近左手，刀随手移，菜刀与案板接触，发出优美的节奏声，均匀整齐的面条就切好了，然后，从中间抄起面条，在空中轻轻一抖，一根根粗细均匀的面条整齐排列在案板上，整个过程一气呵成。

面条切好后，等水开下锅，煮熟后放点蔬菜、猪油和盐，一

寻味人间

锅香喷喷、口感爽滑筋道、营养健康的手擀面就做好了。

手擀面还有很多种吃法。面条煮熟未出锅时撒一把生面，就成了糊汤面；放点牛肉，就是牛肉面；只放油盐，就是清汤面。

我小时候下饭菜少，捞上一碗手擀面，加点揉制的荆芥，爽滑筋道，口舌生津。

家里那根粗粗的擀面杖被母亲用得很光滑，自从母亲去世后，这根擀面杖就从我的视线里消失了。多年后，我回老家轻轻地抚摸过，在擀面杖两端的凹陷处，我仿佛还能感受到母亲手掌的温度。

生活往往就是这样，常常因为一个不经意的细节，如一句话、一件物品，突然触景生情。很多以为已经遗忘的过往，会一下子清晰地呈现在眼前。

我成家后，会自己去超市买面粉，在家里做手擀面。每次吃手擀面，就会想起母亲……世间美味有千百种，也许手擀面很普通，但它对我而言却是人间最温暖、最美的味道。

烤红薯

红薯

美食经常在不经意间勾起我们的回忆。烤红薯就是其中之一。

很多人喜欢吃红薯，红薯营养丰富，含有大量的胡萝卜素、矿物质、膳食纤维素、蛋白质等，而且红薯性平、味甘、健脾益气，可以预防动脉硬化、高血压，可以延缓衰老，还可以消除体内的一些自由基等，吃红薯有很多好处。

烤红薯是我儿时的乐事之一，红薯的香甜伴随了我整个童年。如今，我依然怀念那带有泥土气息的红薯香，它是冬天里温暖的味道。

20世纪60—70年代，红薯是人们的主要粮食之一，其重要性不言而喻。

红薯又名番薯，是一种易种植、产量高的农作物，最早种植于美洲中部的哥伦比亚、墨西哥一带，由西班牙人带到菲律宾等地栽种，传入中国大概在明代后期，分3条路线，传入中国云南、广东、福建、湖北。

红薯传入中国，立即显现出其适应力强、产量高的特性。17世纪初，江南水患严重，五谷不收，饥民流离。彼时，科学家徐光启因父丧住在上海，他得知福建等地种植的番薯是救荒的好作物，便从福建引种到上海，随后向江苏传播，收成颇佳。

陈振龙的五世孙陈川桂于康熙初年将番薯引种到浙江，他的儿子陈世元带着几位晚辈远赴河南、河北、山东等地宣传，劝民种番薯。据记载，陈世元在山东胶州古镇传授种植番薯的时候，亲自整地育秧、剪蔓扦插，到秋天收获时，得薯尤多，于是一传十、十传百，农民竞相种植。番薯在华北地区便很快推广开来。

清乾隆年间，不少地方是由官方倡导栽种。在直隶更有皇上"敕直省广劝栽植"。由于朝野上下积极推广，红薯很快在全国范围传种，并在中国成为仅次于水稻、小麦和玉米的第四大粮食作物。红薯于1733年传至四川、1735年传至云南、1752年传至贵州。那时还有"一季红薯半年粮"的说法。

随州农村种的红薯有3种：红心红薯、白心红薯和黄心红薯。红心红薯的水分足，吃起来比较香甜，所以一般用来烤着吃。白心红薯（糯米红薯）最大的特点是肉是白色的，吃起来粉粉的，含水量较少、产量高。这种红薯主要用来做粉条。黄心红薯最大的特点就是水分很足，吃起来特别甜。黄心红薯烤熟后，剥掉外面那层烤焦的皮，露出焦黄的肉，冒着香气，实在令人无法抗拒。

红薯经储过冬，其中部分淀粉转化为糖，香甜软糯，烤熟后远远就能闻到香味。

红薯的吃法很多，可以生着吃、蒸着吃、烤着吃、炒着吃、油炸着吃，还可做成红薯干。

　　小时候，我放牛或砍柴回家，母亲有时会从锅里拿一个蒸红薯递给我，算是奖励。母亲蒸的红薯果肉橙黄、入口绵甜、又软又糯、香气扑鼻。

　　和小伙伴一起烤红薯是我童年的一大乐事。进入秋季，每天放学后，我和小伙伴一起拾柴或放牛时，就在山上找一个背风的地方挖个土坑，四周垒上砖块或石头，下面留一个烧火口，上面用土块圈起来，围拢成一个中空的圆锥体小窑。

　　红薯就地取材，离谁家的红薯地近就去谁家地里扒几个。土窑和红薯备好后，我们就围坐成圈开始点火。跳动的红火苗把我们的脸蛋烤得发烫。

　　1小时后，我们闻到红薯香后，便小心扒开土和灰，灭掉火。一股甜甜的红薯香便冲了出来。我们用木棍拨出那些热气腾腾的红

　　　　　　　　　　　　　　　　　　寻味人间

薯，每人分一个，拿到红薯后，吹掉上面的火灰，双手倒换着滚烫的红薯，后将其掰成两半，黄澄澄的红薯肉冒着热气，心急的小伙伴上去就是一口，烫得直吸气。不一会儿，大家手里的红薯就吃完了，有的小伙伴用手掌抹嘴，瞬间都成了大花脸。大家嘻嘻哈哈地你追我赶，无比快乐。

不知不觉间日落西山，小伙伴们心满意足地往家走，村里炊烟袅袅，不时传来父母喊孩子回家的呼唤。

入冬后，我喜欢在火塘里烤红薯，挑几个个头适中的红薯放在火塘旁，烤一会儿用火钳夹着翻转一下，让红薯均匀受热。大约1小时红薯就熟透了，薯香弥漫整个屋子。

取出来放一会儿，用手拍去柴灰，轻轻扒掉薯皮，露出金黄色的薯肉，冒着热气、流着蜜汁，我边吹边吃，胃里暖暖的。

直到现在，我每次看到路边烤红薯的摊点都觉得格外温暖，买一个捧在手里，暖意从指尖流向心底。甜糯的红薯把记忆拉回到小时候，满满的幸福与美好。

爆米花

提到爆米花，很多人都吃过，也是很多人儿时的记忆，是过去的"零食"。

小时候，一进腊月，我最期盼的就是村头出现爆爆米花的老师傅。如今，爆爆米花的人换了一个又一个，但儿时的美好记忆始终印刻在心底。

我记得小时候，每年春节前，只要爆爆米花的师傅一来，冬日沉寂的乡村就会沸腾起来，村里的大人小孩背着自家的玉米，拿上几毛钱，排着长队爆爆米花。

随着黝黑的爆米花机"嘣"的一声响，爆米花从里面喷了出来，现在想来，鼻息间仿佛就有那股香甜。

童年的爆米花机像一个黑色的"铁葫芦"，这个神奇的"铁葫芦"在孩子们的眼中像是有魔法，放在火上烤几分钟，就能把一

爆米花机

寻味人间

碗玉米粒变成一大袋白白胖胖、香甜可口的爆米花。

如今，这种传统的爆爆米花设备已经很少见了。

爆爆米花看似简单，但也是个手艺活。开始爆爆米花，只见师傅娴熟地揭开"铁葫芦"的盖子，把一碗玉米倒进去，把盖子拧紧，然后放在火炉上烤。窜动的火苗紧贴着"铁葫芦"，师傅一只手不停地转动着"铁葫芦"，一只手拉着风箱，不时给炉子添柴，眼睛不时看看气压表。时间一到，师傅起身提起"铁葫芦"，我们赶紧用手捂起耳朵，歪着身子，好奇地看着爆米花机，胆小的孩子则跑得远远的。

只见师傅两手架着"铁葫芦"，对着旁边长长的布袋口，猛地用脚一踩，随着"嘭"的一声，一粒粒爆米花就从"铁葫芦"里"窜"入长袋子，空气中飘散着淡淡的爆米花香。小孩子欢快地叫

爆爆米花

着，一窝蜂地围了上来。

等一切收拾好，那个黑色的"铁葫芦"里又装上了新的玉米……

那时，爆一锅爆米花只要1角钱，1家至少要爆三四锅。爆爆米花主要用玉米，爆出来颜色金黄，一个个玉米粒咧着嘴。如果在爆前加一点糖，吃起来会更香甜，入口即化。

在那个年代，爆米花既是孩子们的零食，也是家里招待客人的必需品。我记得那时，村里人到我家拜年，父母就会给每个小孩子抓两把爆米花、花生或几块糖，孩子们可高兴了。

随着社会的进步和人们生活水平的提高，传统的爆米花也渐渐淡出了人们的视野。前几年腊月，我在城郊的巷子里看到一个爆爆米花的老人，有很多人围观、品尝、购买，久违的烟火气，尘封的儿时记忆。

香椿炒鸡蛋

阳春三月，万物复苏。此时，湖北乡村有很多人会采摘新鲜的香椿嫩芽做菜，香椿炒鸡蛋就是春天馈赠的美味。

　　民间所谓"春八仙"，其中就有香椿，关于香椿有"一箸入口、三春不忘"的说法。

　　香椿炒鸡蛋是湖北的一道家常美食。小时候，我非常喜欢吃母亲用香椿嫩芽炒的鸡蛋，金黄翠绿相间，气味清香，鲜嫩可口，开胃下饭。

　　提到香椿，大家也许并不陌生，全国很多地方都有种植。香

香椿牙

椿又名香椿芽、香桩头、椿天等，香椿芽呈粉绿色，长约16厘米，既可以做菜，也可以做佐料。

香椿芽富含蛋白质、胡萝卜素、维生素，是蔬菜中的佼佼者。它不仅营养丰富，而且具有清热解毒、健胃理气、润肤明目、涩血止痢等功效。

记得小时候，我家门前有一棵大香椿树，有5米多高，每到春天，香椿树嫩芽初露，散发出诱人的香气。这时母亲就会摘一把香椿嫩芽，做一盘香椿炒鸡蛋。

"门前一树椿，春菜不担心。"我小时候，经常听母亲说这句俗语。每逢香椿长出嫩芽，母亲就会带着我，拿着一支绑着钩子的竹竿来到树下。母亲说："你知道吗？雨前椿芽嫩如丝，雨后椿芽如木质。现在是采香椿的最佳时节。"我似懂非懂地点点头。

母亲将长竹竿小心地探到香椿树的枝条间，动作娴熟地将蹿出树干的绛紫色香椿尖儿扭下。她一边采摘，一边向我传授技巧：第一茬香椿最好吃，它汇集了香椿树一年的精华，品质和色泽都是最好的，一定不要错过。要学会手下留情，不要全掰下来，小嫩芽要留着，等它长大后再来摘。一般第一茬采摘后10天左右就可以采摘第二茬，其生长速度与气温紧密相关。

仅几分钟，母亲就摘了一大把香椿芽。母亲会用它们做几道香椿菜，如香椿炒鸡蛋、凉拌香椿、香椿拌豆腐。

如今，母亲已过世许久，香椿炒鸡蛋成了儿时难忘的记忆。

岁月不居，时节如流，香椿飘香的季节如期而至，我去菜市场买了一把香椿，自己做一盘香椿炒鸡蛋。

知四季，吃时令。在中国，食用香椿的历史悠久，早在汉代

就已遍布大江南北。民间也有"三月八，吃椿芽"，谷雨食椿又叫"吃春"。谷雨前后正是香椿上市的时节，因此有"雨前香椿嫩如丝"的说法。

香椿营养丰富、美味可口，还有食疗作用。明代高濂在《遵生八笺》中写道："香椿芽采头芽，汤焯，少加盐，晒干，可留年余。新者可入茶，最宜炒面筋，熘豆腐、素菜，无一不可。"香椿还是一味良药。《本草纲目》中记载："香椿叶苦、温煮水洗疮疥风疽，嫩芽瀹食，消风去毒。"

314

炒香椿前必须将香椿入水烧煮1分钟，俗称"焯水"。焯水主要是为了去除香椿中的硝酸盐和亚硝酸盐。

如今，香椿炒鸡蛋这道美食受到了越来越多食客的追捧，从农村走进了城市，特别是吃遍山珍海味后，人们更会向往这些乡村美味。由于市场需求，有些地方开始人工种植香椿，不仅可以让更多人享受到舌尖上的春天，而且为村民增收开辟了新路。

柴火饭和锅巴粥

在农村，柴火饭和锅巴粥是最普通的食物，也是人间最醇正、最家常的美食。

我在农村长大，对柴火饭和锅巴粥始终有深厚的情感。小时候，早起上学前喝一碗母亲煮的锅巴粥，全身暖暖的。

柴火饭和锅巴粥只有用农村的土灶才能做。做柴火饭是个技术活，焖饭时要把握好火候，火大了会把锅巴烧糊，火小了就会做成夹生饭。

首先将大米淘洗两遍，锅中倒入多于大米 3 倍的清水，灶膛里的柴燃起，待米煮至八成熟，把米饭捞出，放在竹烧箕（捞箕）中，将米汤沥在瓷盆里，米汤沥干后，再将米饭倒到锅里，沿着锅边淋一小碗水，盖上锅盖，文火慢蒸。

热腾腾的蒸汽从锅盖边冒出，满屋子都是柴火饭的香味。约 15 分钟，一锅香喷喷的柴火饭就蒸热了，把米饭盛出来，锅底就

柴火饭

　　　　　　　　　　　　　　　寻味人间

锅巴

有一层金黄色的锅巴。锅巴香喷喷的，吃在嘴里嘎嘣脆。

饭盛出来，把米汤倒到锅中，将锅巴捣碎，猛火煮开，然后盖上锅盖文火焖几分钟，一锅诱人的锅巴粥就煮好了。

米汤集结了大米的精华，混入香喷喷的锅巴，粥质浓稠、软糯柔润、清香可口。

苏东坡的门徒张耒从小喜欢吃锅巴粥，他在《粥记》中写道："每日起，食粥一大碗，空腹胃虚，谷气便作，所补不细，又极柔腻，与肠胃相得，最为饮食之妙诀也。"

锅巴是我儿时的最爱。记得小时候，母亲做饭，我就到伙房（厨房）帮忙添柴。抓一把松毛，用火柴点燃后塞进灶膛，噼里啪啦地火就燃了起来，火房四壁被烟熏得黑漆漆的。火苗在灶膛里窜动着，吐着红红的火焰，饭熟后，母亲就会捏一个脆香的锅巴团子给我解馋。

　　有时，母亲会将红薯或南瓜和大米一起蒸着吃。母亲做饭时，赤红的火苗贴着锅底，也映着母亲慈祥的脸庞。淡淡的炊烟通过烟囱飘向天空，丝丝缕缕，或浓或淡，像一位高明的丹青妙手，随手勾勒出一幅乡村水墨画。

　　有时家里来了客人，母亲就会切一块腊肉，焖饭时放在锅里，腊肉的油汁就会渗透锅巴，其颜色更加金黄，油滋滋、香喷喷的，吃起来又香又脆，满口留香，用油锅巴煮的粥也更加醇香。

　　母亲去世后，我再也吃不到柴火饭和锅巴粥了。柴火饭和锅巴粥成了一种记

锅巴

忆味道。

对于大多数人来说，锅巴粥是一种回忆。对于年轻人来说，锅巴粥更像是一种传说和情怀。

后来我发现，生活在钢筋混凝土包围的城市里，真正治愈一个人的美食不是什么山珍海味，而是那些可以勾起人回忆的食物。

在我的内心深处，柴火饭和锅巴粥就是人间最温暖、最美好的味道。

腊
肉

很多人都爱吃腊肉。腊肉是中国腌肉的一种，通常是在中国农历腊月腌制的，所以被称作"腊肉"。腊肉味道醇香、肥不腻口、瘦不发柴，吃一口齿颊留香。

我吃过各地的腊肉，依然觉得随州老家熏制的腊肉最美味，其色、香、味、形俱佳，可以用"一家煮肉百家香"来形容。

俗话说："冬腊风腌，蓄以御冬。""腊味"是年味的先行者和代表，那一串串挂在灶台上的腊肉散发着浓郁的香味，穿过寒意浓重的冬日，温暖了整个新年。

有了腊肉才有年味。我记得，小时候乡村腊月是最忙碌的，家家户户忙着杀年猪，置办年货。杀年猪象征着丰收、代表着团圆，吃完杀猪饭就开始腌腊肉、灌香肠。腊肉是随州人骨子里的记忆，是难以忘怀的家乡味道。

随州农村熏腊肉很讲究，食材会用自家养的土猪肉，先把肉切成三四寸宽的条块，抹上食盐、花椒粉等香料，然后点燃柏树枝熏烤一天。因为柏树叶中有天然的芳香油，气味芳香，一堆熏料被点燃，火焰跳跃，院子里浓浓香气随着烟雾弥漫开来。

经过 2 天的熏烤，柏树枝的芳香渗入猪肉，这样熏制的腊肉不仅特别香，而且存放一年都不变质。就这样，在时间和烟火的作用下，一块普通的猪肉得以升华，变成了人间至味。

之后将腊肉挂在灶台或火塘上方继续熏烤，为了增加香味，火塘中还要加一些柏树柴，慢慢烘干肉的水分。丰富的植物油在热力作用下升腾，15 天后，腊肉熏制完成。

用这种方法熏制的腊肉表面呈金黄色，黄里透红，鲜嫩多汁，肥而不腻，肉脂中还混有一种特别的柏树芳香。

到了春节，母亲将香肠、腊肉取下，洗去表皮的油渍，煮熟

切片，肥肉晶莹，瘦肉红亮，瘦肉紧实有嚼劲，肥肉入口即化。迷人的烟熏味，细嫩的肉质，食之口齿留香。很难想象，烟熏火燎的腊肉洗去铅华，竟是这样的美味。

腊肉炒蒜薹、辣椒炒腊肉都是我爱吃的菜肴。腊肉中含有磷、钾、碳水化合物等，不仅风味独特，而且具有开胃、去寒、消食等功效，是冬季极好的美食。

寒来暑往，岁月更迭，家乡的腊肉在千百个年轮中熏染沉淀，伴着阳光、山水、烟火与时间的味道，承载着异乡游子舌尖上的乡愁。

当今社会发展飞快，创新与传统不断更迭，那些遵循古老技艺创造出的美食显得越发珍贵。

橡子粉

　　一道道童年美食就像时光的钥匙，不经意间的舌尖触碰就能打开人记忆的盒子，那一口悠远绵长的滋味里蕴含着温暖而美好的回忆。

　　从我记事起，老家就有一种美食——橡子粉，它一直伴随着我的童年，以至如今，每次吃到橡子粉，我的心里就有一种说不出的满足和安逸。

　　　　　　　　　　　　　　　　　　　　寻味人间

记忆中，老家群山耸立起伏、林木茂密，山上生长着很多野生栎树。

　　橡子是栎树的果实，学名橡果。栎树分为大花栎和丝栎两种：大花栎生长快，需达到七八年以上的树龄才结果，果实大，与成人的大拇指一般。丝栎长得慢，但只要四五年的树龄就会结果，其果实的大小、颜色极似莲子。

　　橡子外壳硬，有青色和棕红色两种，橡仁如花生仁一般，纤细且含有丰富的淀粉。

　　每年 10 月，橡子成熟，这时的橡子身披棕红色的外衣，它们挣脱刺绒绒的护壳纷纷坠落。小孩子都喜欢捡橡果，我小时候会用铁钉在橡子两头钻个小孔，然后用细绳串成珠串，美观大方。

橡子果和橡子粉

　　制作橡子粉用大花栎和丝栎的果实都可以，等到橡子外壳变硬，颜色由青色变成棕红色，就可以采摘了。

　　在随州，一直流传着这样一句谚语：不用栎树无好火，唯有橡粉称好粉。

　　橡子成熟时，我放学会和妹妹一起拎着竹篓上山采摘小栎树上的橡子。小栎树不高，我们站在地上就能摘到，小半天就可摘一篓子。拿回家经过晾晒、去壳、浸泡脱涩、碾磨等工序制成鲜凉粉，切成小方块或细长条，装到碗里，加上白糖、白醋、蒜末和香油等，美味的橡子凉粉就做好了，颜色像鸭血，质地像果冻，吃起来Q弹劲道、细腻润滑，微微带有野山果的苦涩和清香。

　　鲜凉粉晒干后久放不变质，食用前加热水浸泡半小时，可炒、可烧、可焖、可炖、可下火锅。

　　　　　　　　　　　　　　　　　　　　　　　寻味人间

原始的物理生产工艺保留了橡子的营养成分，不加其他添加剂，原色原香，是可食用的自然味道。

取材于大自然，传统的制作工艺，对于追求绿色健康食品的人来说，这是一份不可多得的美味。

我小的时候，橡子粉是农村待客的佳品。橡子粉可以做成一系列食品。那时，家乡几乎每家都会做几道橡子粉菜。

记忆中最常见的是把橡子粉拌成凉菜，也可以蘸糖吃，还可以红烧、爆炒、煎煮……

我小时候最喜欢吃橡子凉粉，其粉质细腻、口感爽滑又解暑。

红烧的橡子粉晶莹如玉，吃到嘴里满口清爽，韧劲十足，口味绵长。

人食用橡子的历史可以追溯到公元前 600 多年。在过去漫长的岁月中，橡子是许多山区人民的特色美食。唐代诗人、文学家皮日休在《橡媪叹》中写道："秋深橡子熟，散落榛芜冈。伛伛黄发媪，拾之践晨霜。移时始盈掬，尽日方满筐。几曝复几蒸，用作三冬粮。"从诗中可以看出，唐代末期橡子就成为民间的一种美食了。

橡子中含有十几种氨基酸和丰富的矿物质，其中精氨酸和赖氨酸含量较高，分别比玉米高 52% 和 68%；矿物质中钾的含量最高，其次是镁、钙和钠。

明代医学家李时珍在《本草纲目》中记载："橡子取粉食，可健人，低热无毒，营养丰富，具有涩肠固脱、止泻止痢的作用。"《中药大辞典》则指出：橡子有抗癌、美容、减肥等功效。时至今日，橡子凉粉仍是日本、韩国及我国台湾地区餐桌上必备的美食，有纯正"素野味"之美誉。

橡子粉是大山的馈赠，是我记忆深处的家乡味道。

鱼
冻

毫不夸张地说，冬天是我最喜欢的季节。因为在冬天不仅可以赏雪，还能吃到时令美食——鱼冻。

寒风起，鱼冻香。冬天是吃鱼冻的最佳时节。鱼冻，无论是下饭还是佐酒，皆是美味。

我老家在湖北农村。记得小时候，村里到处是堰塘，鱼特别多，而且都是野生的。每年春节前，村里都会组织专人撒网捕鱼，然后每家每户按人数分鱼。很多人喜欢把吃剩下的鱼和鱼汤冻成鱼冻。

小时候我不爱吃鱼，但很喜欢吃母亲做的鱼冻。做鱼冻，母亲会选草鱼，用猪油烹制。因为草鱼的肉更厚实，且含有丰富的胶原蛋白，能熬出更多的鱼胶，更容易结冻。此外，草鱼的刺少，无论是喝汤还是吃冻，都更安全。另外，煮鱼时用猪油，是因为其更易凝固，做出来的冻的效果和口感更好。

母亲把锅里的猪油烧热，先爆香葱花和生姜，将切好的鱼块下锅，把鱼的两面煎得金黄，放一勺白酒去腥，然后往锅里加水，同时加盐、醋和白糖烧开，边煮边撇去浮沫，中火煮 15 分钟，待蒸汽不断升腾，便会飘出一股浓郁的鱼香。母亲揭开锅盖，用锅铲拨一下，使鱼肉散开，然后把鱼刺、鱼骨挑出，改小火慢炖至汤汁浓稠，浓缩鱼和调味料的精华，达到鱼汤合一的境界。最后将鱼汤盛到碗内，在窗台放一整夜，冷却的鱼冻如凝脂，呈松花蛋那样半透明的琥珀色，鲜红的辣椒与碧绿的葱段裹在鱼冻中。我轻轻地用筷子挑了一块，鱼冻入口，Q 弹软滑，却丝毫没有鱼腥味。

鱼汤经过火与冰的淬炼，鱼的鲜美完全被释放出来，冰冰凉凉，入口即化，瞬间转变成温和的咸浓汤汁。

　　2021 年的腊月，我到菜市场采购年货，顺便卖了一条 20 多斤的青鱼，回家腌制腊鱼，我便把鱼头做成了鱼冻。

　　为了提升口感，鱼头上多留了一些鱼肉。鱼汤炖好后放入大蒜、葱、姜和辣椒粉，用高密度滤勺把鱼渣过滤掉。第二天，鱼冻成形，晶莹剔透。一碗鱼冻，不仅有年味，还是我童年的味道！

后 记

　　《寻味人间》是我的第一部美食随笔，共分为"品味经典""风味人间""儿时味道"3个部分，共51篇文章，介绍了近百种美食，这些美食都是我品尝过的。

　　5年前我就想写一部美食随笔，但因为著作等身，断断续续写了几年，直到现在才付梓。

　　近10年来，我寻遍了全国200多座城市，从五星级酒店到街巷路边的小吃摊，从食材挑选到烹饪，从风味特点到食用方法，从美食背后的故事到风土人情，从活色生香的人间至味到灵魂深处的儿时味道，从一日三餐到五味人生，尽在书中，同时拍摄了很多精美图片，让读者看着美、吃得香，还学得会，既能享受到不一样的美食盛宴，又能感受到色香味之外的文人雅致。

　　为确保本书内容的客观公正，我没有向餐馆、店铺收取任何费用，正是因为没有利益关系，我才可以实事求是地写出这些美食的特色和自己真实的美食体验。真实，也许是本书最大的特色！

　　为写这本书，我投入了很多精力，但如果通过本书能够让更多的人了解中国美食和饮食文化，让更多的人成为会吃、会做、会品鉴、懂生活、有格调、有品位的高级食客，我将感到十分欣慰！

　　本书所记录的都是我对美食、饮食文化、烹饪技艺的观察、理解与感受，写的也许不够专业，在此恳请餐饮业的专家和读者朋友批评指正！

书中有几篇文章曾在《中国烹饪》《三联生活周刊》《川味》《企业家日报》等媒体发表过，收录时我进行了全面补充修改，在此感谢上述媒体的支持！

　　在本书出版之际，我要感谢中国工程院院士、湖南农业大学教授刘仲华先生在百忙之中拨冗为本书作序；感谢中国烹饪协会会长傅龙成，美食专栏作家、纪录片《风味人间》美食顾问林卫辉，著名传媒专家、学者、《中国周刊》《南风窗》原总编辑朱学东，著名诗人、学者、文化批评家叶匡政，著名学者、中国社会科学院教授、法学博士于建嵘的点评推荐！

　　在采访和创作过程中，我还得到了张磊信、夏禹、郑家荣、姜汝祥、张嘉信、唐文、沈伟民、肖方林、徐波、王欣、姜汝祥、徐海洋、赵晓、王海亮、余忠丽、齐陵、苗国梁、谷学禹、梁勇、张涛、沈欢、丁彦皓、田雄、余华、李家军、龚四田、刘新、石远来、郭晔旻、张勋先、江海欧、杨欣慧、刘谦、王爽秋、孟国斌、焦立坤、滑雪等朋友的支持与帮助，我在此向大家表示衷心的感谢！

　　这本书能够顺利出版，得益于中国科学技术出版社的大力支持，科学生活分社社长符晓静、编辑史朋飞的认真编校，我在此一并表示衷心感谢！

　　本书是我的美食随笔的一部分，希望本书给您的生活增添乐趣，并陪伴您度过"美好食光"。如果大家喜欢，我会坚持写下去。

　　由于本人水平有限，时间仓促，书中难免有不当之处，恳请专家和读者见谅。欢迎您提出宝贵意见或建议，在此先表示感谢！

余胜海

2022 年 3 月 28 日于北大燕园

图书在版编目（CIP）数据

寻味人间 / 余胜海著 . —— 北京：中国科学技术出
版社，2022.8

ISBN 978–7–5046–9771–4

Ⅰ. ①寻⋯　Ⅱ. ①余⋯　Ⅲ. ①随笔—中国—当代
Ⅳ. ① I267.1

中国版本图书馆 CIP 数据核字（2022）第 145010 号

策划编辑	符晓静
责任编辑	符晓静　史朋飞
封面设计	沈　琳
正文设计	中文天地
责任校对	吕传新
责任印制	徐　飞

出　版	中国科学技术出版社
发　行	中国科学技术出版社有限公司发行部
地　址	北京市海淀区中关村南大街 16 号
邮　编	100081
发行电话	010–62173865
传　真	010–62173081
网　址	http://www.cspbooks.com.cn

开　本	880mm×1230mm　1/32
字　数	257 千字
印　张	11
版　次	2022 年 8 月第 1 版
印　次	2022 年 8 月第 1 次印刷
印　刷	北京顶佳世纪印刷有限公司
书　号	ISBN 978–7–5046–9771–4 / I·66
定　价	58.00 元